心里满了，就从口中溢出

莲花白

宁不远 著

中信出版集团｜北京

· 1 ·

这么多年过去，只要闻到煤油的味道，我就想吃东西。水煮莲花白，酱油拌饭，盐菜，有时会有一点点肥肉。生理上的饥饿感和这饥饿即将被填满的幸福感同时涌来。

所以当我把从山顶机场租来的大众 Polo 拐进半山腰的垭口，那座加油站出现的时候，一股煤油味让我振奋起来。尽管煤油味混合在汽油柴油和尘土里，我还是准确捕捉到了它。这是不管过去多久都会想起的味道，水煮莲花白，酱油拌饭，盐菜，有时会有一点点肥肉。如今还有人用煤油煮饭吗？我把车开进了加油站。

这座加油站距离老家所在的县城还有一小时路程，距离渡口市区也差不多。和十几年前一样，金沙江的江水在几百米下的深沟里流淌，不同的只是公路边沿加上了铁护栏，护栏隔一段总有被车撞得变了形的弯曲。那些弯曲让我想起一位小学同学的爸爸，他为了避让公路上的一头牛，把车开进了金沙江。

进加油站，纯粹是被煤油味吸引，我租来的车烧汽油，油箱里的油也还充足。

就这样，16年后我又一次见到大春。

一开始我并没有认出是他。他一个人坐在加油站十米外，峡谷上方的水泥墩上。他嘴里叼着一支烟，双手反撑在台阶上。烟雾熏到他的脸，他眯着

一只眼睛打量我的车。车子开进加油站，他将烟头扔在公路边用脚踩灭，跟了进来。在他离我只有两三米的时候我认出了他。

我希望他不要认出我，所以假装不认识他。我摇了摇脑袋，让齐耳短发尽量多遮住脸。

摇下车窗，大春就站在我面前，他一边检查加油设备一边问我，加好多？我低着头整理坐垫，小声回答他，加满。

很快就加满了。油费149元，我递过去两张一共150元钞票，说不用找了，同时低头快速启动车子准备离开加油站。大春迟疑了下，伸出手拿钱。

车子离开。后视镜里，大春捏着钱站在原地望着我的车。我们的眼神有短暂的对视，我确定他也认出了我。这样的见面完全在预想之外，我大脑一片空白往前开了几分钟，在拐了个弯后停下车，长长呼出一口气。我发现我握住方向盘的手在抖，从高原流经此地的金沙江水声像密集的鼓点，从峡谷传进我的耳朵。很显然，16年前遭遇的那件事在我们心里投下的阴影从未散去。

· **2** ·

这是十多年来我第一次回到这里。我从 1 700 公里外的深圳飞回渡口市，再租一辆车从机场往县城开。渡口市位于云贵高原的边陲，攀西大裂谷中部。渡口与我老家县城之间的这段国道，海拔 2 000 多米，随山势起伏。车窗外是森林、草甸和乱石丛生的高坡，偶尔有村庄从眼前飞过，大多数路段荒无人烟，我没想到会在这里遇见大春。

我以为我们会有一个比较从容的见面。现在这样的方式未免草率和突然了些，我既紧张又沮丧，同时想到，为什么我经历过的大多数事情都这样，还没准备好就开始了，还没好好面对，又结束了。

车子继续往前开，刚才的混乱渐渐消失，手也不抖了。我这才开始回想大春的样子，他看上去比当初老了许多，我猜他也会觉得我老了。他穿着一件有油污的灰色衬衫，袖口胡乱挽起来，脑袋上多了一顶发黄的白色棒球帽。他还胖了一点点。

让我一眼认出他的是他走路的样子，他的头略微歪向一边，似乎在想着什么和眼前无关的，但很重要的事。他十多年前就是这样。十多年前的夏天，一个吹大风的下午，从县城到学校操场，他先是追上我，然后我们一起往杉树林走，走着走着就跑起来。到了杉树林我蹲了下来，喘气，他站在我身边歪着头对着空气说，走嘛，再也不要回到这个鬼地方了。他说完就咬起了嘴唇，直到嘴唇咬出了血。

这么多年，我只要想起他，就会想起那一小滴鲜红的血从嘴唇滑向他颤抖的下巴。

再也不要回到这个鬼地方了。他说这话的时候我蹲在一片阴影里，我们身后，杉树被风吹得沙沙响。不久后我就离开了我们的学校，离开了学校所在的县城，也离开了乡下老家，再也没回来。

我自然还是回想起了李美。其实看见大春的一刹那，我首先想起的就是李美。这么多年了，我所有的慌乱和空茫都来自她。

· **3** ·

车子在峡谷中穿行，翻过这座山，那座长满木棉和凤凰树的小县城就不远了。我印象中的县城还是以前的样子，它是群山之间一个小小的存在。现在的它可能比我印象中的还要小，而且破旧。自从十多年前确定下游要建大型水电站，小城的未来也就确定了：在水电站竣工蓄水时，它将被淹没变成一座水库。所以，十多年前它就停止了生长。

此刻窗外还是山和瓦蓝的天空，我内心有点期待又有点忐忑，我摇下车窗，风吹了进来。这风干冽中有暖意，是山区特有的风。我突然意识到，生活在大城市这么多年，我没有体会过这样的风，大城市不太吹风吗，还是吹了我也没感觉到，我不知道。

半年前的一个晚上，我下班回家走进家门，当时的丈夫肖原坐在餐桌前，递给我一张报纸，上面写着我老家县城将于八个月后被淹没的消息。他说：你不打算在淹没前回去看看吗？我还没回答，他又说起来："报纸上说当地居民已经陆续撤离，游客们在老城里穿梭合影，记录下即将消逝于水下的世界。"

"即将消逝于水下的世界"，这是他一个字一个字照着报纸上念出来的，他平常可不会这么说话。我接过报纸，旅游版的右下角，四分之一的版面在说这件事。

文中还有一张小小的配图，相机镜头从灵关山俯瞰整个小县城。一条河流把县城分成两半，河的西岸上方，依稀能看到我们的学校，它还是我记忆中的样子，不同的只是那栋木质小楼（我们当年的宿舍）看不清了，那个位置只看见一大片茂密的杉树，也许房子已经拆了，也可能只是被树挡住了。

照片拍摄于不久前，记者的配文说，自从十多年前公布建设水电站的消息之后，这座县城就停止了建设。但因为各种层面的原因，水电站几经搁置，虽然造成了不少时间和精力的浪费，但也有一个意外的收获：这座即将被淹没的县城完完全全还是多年前的样子，也因此成了"不可多得且即将消失的旅游资源"。

"你应该回去看看你的学校，看完学校回来我们再去办离婚手续吧。"肖原一只手推了推他的眼镜架，仰头对我说。肖原在表达他很了解我，同时还有点洞察一切的自得。过一会儿他又补一句:"离婚的事我不急。"这句话中隐藏着一丝温柔,但我讨厌这样的温柔,这温柔内部包裹的是一种情绪上的压迫,且让我无从反抗。他一直是这样一个人。

在此两个月前,我在肖原的大衣口袋里发现一支口红,我猜是个女人故意放进来的。那晚他在深夜回来,把大衣递到我面前,要我帮忙整理一下,第二天拿到干洗店去洗。没有一点余地,我当着他的面掏出了一堆东西,其中就有那支金色磨砂外壳,细管,我从来不会用的口红。

当时肖原站在原地咳嗽了一声,想说什么,又觉得应该等我先开口。他的嘴角微微向下动了一下,像是要哭,却又忍不住要笑出来,但是很快就忍回去了。他望着我,我觉得他是在等我说离婚。我拿着那支口红,像一个演员说出规定的台词一样对他说,那就离婚吧。他说好的。我们都松了一口气。

　　然后我转过身，眼里充满了泪水，一个孤寂的、自负的女人的泪水。我尽量不让自己呜咽出声来，我不想让肖原听见。肖原走过来，一只手放在我的肩膀上，我马上把身子一挺，往旁边扭了下，试图甩开他的手。他倒好，顺势就把手拿开了。

　　唉，他叹了口气，走进厨房。那管口红还留在桌上，第二天我才想起来把它扔进垃圾桶。扔之前我还打开看了下口红的颜色，大红。鲜艳，骄傲，我心里被刺了一下。

· **4** ·

　　这两个月我和肖原还住在这套房子里，按照约定，离婚之后我就得搬出去。现在，肖原要我在离婚前回老家看看学校，我知道他认为我们走到今天，我之所以是现在这样的我，早由十多年前的一切决定了。我给自己倒了一杯水，喝了一半就打算回自己的房间。我离开前他还坐在小餐桌前，他拿起我剩下的半杯水，一口气喝完，然后他说："米小易，你呀，不要总盯着过去。"

我们关系还好的时候，有一次坐公交车，上车不久，几米外的一位乘客大声喊，说她的钱包丢了。一车人躁动起来，有几位上了年纪的阿姨在帮那个乘客分析，试图帮忙找出偷东西的人。这时候肖原发现我的手变得冰凉，额头冒出汗水。

下了车我整个人还是瘫软的，脸通红，我们在站台旁边的台阶上坐着休息了几分钟。

肖原问我是不是哪里不舒服，我说没事。我打开自己的包包翻看，把包里的手机、笔记本、钱包、纸巾、一瓶逍遥丸、两支笔都拿了出来，再一件一件收回去。后来进了家门我又开始打开包找东西。肖原很诧异，他问：米小易你在做什么？你认为你和那个丢了的钱包有关系吗？

我确实在想：会不会是我在某种出离状态下，拿走了那位乘客的钱包？

理智告诉我，这想法是荒唐的，但在那种场合下，当那位乘客用她询问的眼神四处搜寻，并在我涨红的脸上（也许）停留了一秒钟，我就马上陷入一种完全孤单的、无限臆想的境地，逃无可逃。我跟肖原讲起，这么多年来，只要有人在我面前说他丢东西了，我就会脸红，就担心被怀疑，更担心自己是不是真的在无意识的状态下拿了别人的东西。我又说，我这辈子从没有偷过东西啊，这一点你一定要相信我啊。然后我就跟肖原讲起十多年前在县城中学的遭遇，讲了和李美有关的那件事。肖原听完我的讲述，一把抱我在怀里说，没事米小易，不是你的问题。

但后来肖原就常说，"所有的问题都是自己的问题"。他这么说的时候总是用那种宽容的眼神看着我，这使得这句话包含了特定的意思。在工作上他也常对包括我在内的下属这么说。我们是一家广告公司的同事，他做总策划我做文案，公司主营业务是为房地产企业做建筑企划和楼书。他之所以喜欢上我，用他的话说，米小易你是最听话的小黄人，这么好，不娶你回家就太可惜了。

而我之所以答应嫁给他，是因为他对我好。他对我好，我就跟他好上了，一切理所当然不是嘛。老实说我想不清楚我到底是爱他，还是感激他。又或者我会因为感激而爱上一个人，也许潜意识里觉得自己不配人家的好，就只能去爱。

结婚不久肖原就想要孩子，而我拒绝了。他没有想到我什么都听他的，却单单在要孩子这件重要的事情上一意孤行。其实我也没想到，结婚的时候我也没想过这个问题，但我就是不想要。这是我们关系恶化的开始吧。

· 5 ·

我们很快离了婚。

如果那个晚上肖原递过来报纸时不说那句话，不用那种温柔的语气，离婚后我应该会回一趟老家的。但因为他说了，我就不打算回了，这算是我小小的反抗吧。离婚后我辞职，换到了另一家广告公司，业务还是为房地产企业做楼书。我们生活的城市最不缺少的就是即将拔地而起的高楼。

一个人的生活没有我想象的那么难，文案工作虽然枯燥，常常加班，但不需要应酬交际，且工资待遇已超过我的期待（我对人对事向来不会有过多期待）。生活在深圳这样的城市里，上班下班，吃饭睡觉，一天天这么过着，看别人也都这么过着，好像也没什么问题。只是有一些时刻，那个即将淹没在水下的世界会在我的脑子里浮现出来。我开始想象大水淹没县城的场景，想起操场，篮球架，通往教学楼的楼梯，每一间教室，宿舍走廊，灵关山上成片的马尾松和夹竹桃，还有那片小天地总在吹过来吹过去的风。我看见大水是如何流向它们，漫过它们，慢慢浸出一个水下的世界。

就这样，县城在我无数次的想象中越发清晰起来，且时不时地以另一种方式再次与我相遇。

有一次公司安排我和领导去东边一个海岛看项目，海岛上有个很小的渔村，一家大公司准备在这里开发度假房，选址是一所废弃的学校。我们沿着岛上唯一的公路往山坡上爬，隐藏在山坳里的学校突然出现。小小的操场以及旁边一栋红砖房，一下子让我想到了我们县城里的中学。虽然眼前这栋比我印象中的县城中学更荒凉，也没有凤凰树掩映下的木质宿舍楼，但我总觉得李美就坐在一楼其中一间昏暗的教室里。我跟同行的人说，我想走进去看看，理由是也许将来企划书会用到。我就一个人走进那间一楼教室，坐在讲台边发了很久的呆，然后不知怎么的，我竟然靠在墙角睡着了，直到他们等得不耐烦把我叫醒。

有时我会在下班后驾驶丰田卡罗拉（离婚分得的那辆），从公司出发漫无目的往前开。沿着随意选中的一条路开下去，经过漫长曲折的公路，远离城市，到达一片沼泽或者没有人迹的荒野。到了路的尽头又马上掉头，回到灯火通明的城市。

最近这几周，我开始变得害怕黑夜，并不是害怕黑暗本身，晚上睡觉必须把窗帘拉得严严的，怕有光进来。有时候明明已经躺下了，闭上眼睛了，总觉得窗帘还留了一小条缝隙，赶紧再拉一次。而到了早晨，睁开眼睛却浑身没有力气，不想面对新的一天。我通常会清晨醒来躺在床上看天花板，看上一小时才有力气爬起来走出我的小屋。我还慢慢开始怕冷，准确说是怕皮肤裸露在外面，总穿着长袖衣裤，晚上睡觉把自己全身上下包裹起来，只露出鼻孔。

　　每天总还是可以挣扎着上班，吃饭就没那么规律了，两三天才吃一顿像样的米饭。没有食欲，不吃也不觉得饿。其他时候就是零食、面包和咖啡，一杯又一杯的黑咖啡。有段时间嘴皮上长了一排疱疹，出于担心，去医院做了个全面检查，结果显示没有任何问题。医生说可能是工作压力大，免疫力低下，给开了些维生素就过去了。除了每个月固定时间给在另一个城市的我妈打个电话报平安，几乎和所有朋友亲人断了联系，就这样一个人进入黑暗的底部。

一个月前单位同事组织去旅行，在一处风景区的山顶，大家都在最高处一块石板上站着拍照。我默默地退到一边，我心里很清楚，只要条件允许，站上石板我很可能会往身后的悬崖下跳。那种控制不住的冲动，看到高处就想跳下去。

上个周末，半夜因为胸口出现一阵压迫感，在睡梦中惊醒，全身瘫软，汗流不止，我用身体里残留的一丝力气把自己移动到电脑前，查了老家县城的消息。网上的消息是，县城还没有被淹没，但是距离水电站蓄水的日子越来越近，现在是县城经历的最后一个春天了，这两周正是河边成片的野樱开得正好的时候。

我记得那片野樱，我得回去看看。

· **6** ·

我的车里还留有加油站漫进来的煤油味，现在还有人用煤油炉做饭吗？

那个时候，县城中学的食堂只负责煮熟学生自带的白米饭，下饭菜需要自己解决。一些人每周从家里带来盐菜、酱油、豆豉或豆腐乳，条件稍好些的是猪肉碎炒泡菜，用开水泡一泡这些东西就可以下饭吃。也有的人用煤油炉自己做菜，因此每间宿舍都有至少一个煤油炉子。我们那间住16个人的大寝室有四五个煤油炉子。宿舍是木质二层小楼，一楼住男生，二楼住女生。每天中午，我端着食堂里带回的米饭爬上二楼，穿过晾晒着各种衣服的走廊，穿过每间寝室飘出来的煤油味，总会看见小维和李美站在我们寝室门内的木桌旁。李美看见我了，隔多远就大喊，米小易，吃饭喽。

木桌上就是冒着火苗的煤油炉，煤油炉上总有一锅莲花白，当然我们一定也吃过别的菜，茄子或者南瓜什么的，但如今能想起来的，总还是莲花白。

这座小县城在河谷地带，因为特殊的亚热带季风气候，这里与全国大部分城市有季节差，春天总是比其他地方来得更早。河谷两岸的人们种植最不需要精心护理的莲花白，用背篓背到县城河边的农贸市场卖给菜贩子，再由火车送往全国各地。莲花白在这里最便宜。莲花白正式的名字叫包心菜，也有的地方叫甘蓝，但在这个小县城，它就是莲花白。

莲花白本身没有什么味道，也因此加强了我对煤油味的印象，闻到煤油味，眼前自然浮现一碗飘着几颗油花花的莲花白汤。

煤油炉是小维家里人买的，我们达成了默契：小维出煤油炉和煤油费，李美负责做菜，我则每天中午穿过一排凤凰树走进食堂认领我们的米饭。米粒装在一个搪瓷小盆里，每天早晨交给食堂大姐，中午就变成了白米饭。

初二那年夏天，凤凰树开始长一种菜青虫模样的白色虫子，满树满地都是。那虫子真恶心啊，我得小心不要踩到，更不能让虫子掉到碗里。每次走回寝室，李美和小维总要让我原地转圈，从头到脚检查一遍，看有没有虫子被我带回来。如果有，我会半真半假尖叫一声，李美则伸出两根手指头一捏从我身上拧起虫子。虫子在她手上乱动，她捏着在我们面前晃来晃去，我和小维大声惊呼，她这才扔

地上，一脚踩下去。

除了虫子恶心，我很享受自己分到的任务。奶奶每个月托人从山里送来一袋大米。把一袋大米平均分成一个月每天两顿三个人的量，这是我的小乐趣。对了，早饭我们不用操心，食堂有馒头和稀饭，是一位"成功校友"捐赠的，他和校长握手的大照片就挂在学校礼堂外。据说这位成功校友人在北京，北京的很多高楼都是他修的。

李美很擅长做莲花白汤，她跟我说，清水煮不能盖盖子，否则莲花白会发黄，口感也不脆甜了，如果有油就可以。"有油的话，最好先放进锅里炒一炒再加水，味道更好。当然最好还是有油渣，那就干炒，不加水。"她确实也是这么做的，我们都觉得味道不错。

如果李美现在还活着，她一定会做更多好吃的菜，岂止是做菜呢，她会把一切都打理得很顺当。她会有很多朋友，她那时就有很多朋友。

· 7 ·

我们的大寝室一共住了16个人。大通铺，木板搭建的两层，我们三个的在一层，并排着紧靠门口。其他人都是高中部的，初中住校的学生很少，我们班总共就我们三个。

我住校是因为离家太远，我的家在远离县城的乡下，从家里到县城坐车也要三个小时。本来我们乡里也有初中的，但奶奶把我送到了县城，她说是我爸临死前在病床上嘱咐她这么做的。县里的学校教学质量好，在这儿读才可能考出去。我爸跟奶奶说，女孩子不通过读书走出这个鬼地方，将来要受苦的。我爸是矿工，在我五岁那年死于渡口市矿山上的山体滑坡，也因此给我留下了一笔读书的钱。

我与奶奶感情淡漠，如果我是男生，情况可能不一样。至于我妈，她在我爸死去不久就走出了这个鬼地方，再也没有回来。奶奶从不在我面前提起我妈，我只是偶尔从亲戚口中听到她的消息，他们说她去了很远的大城市。我从初一就开始住校，我喜欢住校，因为可以远离奶奶的叹息和亲戚们同情的目光。

小维家离县城倒不算远，但她家里人忙，她家贷款买了一辆中巴车，专门跑县城到市区那条线，她爸开车她妈卖票。"他们一直在车上，很少下车。"小维这么跟我们说。

至于李美，她是开学一周了才转学来的。班主任常老师把她领进教室站在讲台上，对同学们说，大家欢迎市里转来的新同学李美。李美个子比我们班大多数女生高，快有常老师高了。她留着一头长发，扎了个很高的马尾，没有像我们一样剪刘海，光亮饱满的额头整个露出来。她挺直了身子，嘴角抿着向上翘，似笑非笑地，眼睛在全班迅速扫视了一遍，似乎与每一位同学都有短暂的对视。就这一个动作和神情，没人敢小看她。

刚来学校的时候，常老师特别关照李美，有时候正上着别的课，常老师走到教室门口示意上课的老师出去一下，再过一会儿，上课的老师就让李美跟着常老师离开了。

每一次，李美总是仰着头，在全班同学的注视下回到教室。

我和李美的第一次正面交道发生在寝室，也就是李美住进寝室的那天。

傍晚我从食堂拿回自己的饭，用一勺豆瓣酱和着吃。小维就坐在我旁边吃，尽管开学好几天了，我跟小维也还不熟悉。李美探过头，一把抓住我放在身边的豆瓣酱罐子往自己碗里倒，同时她扔给我一个塑料袋，里面是些泡菜。她说，这样才好，这样我们就可以吃到两个菜了，说完咯咯笑起来。她用同样的办法从小维那里换来了豆豉，还分给了我不少。李美朝我和小维做了个鬼脸，好像在说，要是你们两个不爱搭理人，那我也不勉强你们。但我们三个人的友谊就从那个时候开始了。

后来常老师来到我们寝室，她仔细看了看我们的床铺，拍拍李美的肩膀说，李美，你要好好和她们做朋友哈。李美撇嘴答应了一声。

期中全面测试，李美考了全班第二名，我的名次在她之后两位。李美似乎没把成绩当回事，她在课间大声说她是留级生，她的意思是好成绩根本不是她努力的结果。这反而增加了她的魅力，那个时候的我们，最佩服的是那些轻轻松松就能取得成功，且对成功满不在乎的人。

那时候最值得炫耀的一点总是你最远到过的地方，走得越远的人就越厉害。全班人最羡慕的是去过北京的一位同学，其次就是李美了。因为李美是从远方来的，虽然只是市里，但对我们来说，那地方已经足够远了。我也是从很远的地方来的，但乡下在我们的世界里根本不叫远方，"远方"是一种更高级的存在。乡下意味着土、脏，还有勤奋和老实。学校里流传着一个故事，两年前有个高三的女生在高考前一周喝农药自杀了，她担心自己考不上。听说她无比勤奋，她来自乡下，而且她家所在的乡下距离我家只有几里路，我害怕同学们在我面前谈论这个。

要不是都住寝室，从乡下来的我不太可能跟李美成为朋友，很快李美就在全校有很多朋友。那时候班上有很多小团体，李美天然属于另一个世界，那个世界轻松又颓废，学习成绩好不好并不是第一重要的，重要的是另外的东西，就比如李美第一天出现在讲台上，扫视全班的那种眼神。

· 8 ·

　　我曾经怀疑过李美是不是和常老师有亲戚关系，但很快就打消了这个念头。常老师是和我们同一时间来到县城中学的，之前她在成都上大学，她教我们语文，同时兼任班主任，她的普通话带着浓重的北方口音，跟李美以及我们所有人都不一样。我慢慢发现常老师对李美的关照更多是出于某种担心。

　　李美刚来那些天，一开始并没有表现出任何异样，但有一个晚上，我被一串尖叫惊醒，窗外照进来的清冷月光下，李美正捏紧拳头在空中挥舞，她平躺着紧闭双眼，不知道是醒着还是在做梦。寝室里几个高年级的同学也被吵醒了，有两个发出很不高兴的抱怨声，我摇了摇李美，尖叫声慢慢平息。我听到她在啜泣，随即她翻身继续睡觉了。

这一天，常老师又出现在教室门口，但被叫出去的不是李美，是我。我来到常老师办公室，是一间很大的办公室，不过这会儿是上课时间，除了常老师没有别人，她搬来一把椅子让我坐下，她自己也坐了下来，坐在我旁边与我形成90度直角，而不是对面。

常老师先是问我：米小易，你最近学习方面还好吗，英语跟得上不？我说还行，跟得上。她又问，你奶奶身体还好吗？我说，还好。她又问：那你妈妈呢，她跟你们联系没有？

"她跟我奶奶有联系吧。"我想起奶奶上个星期托人带来几个笔记本和文具盒，我猜是我妈寄回来的。

常老师用那种满是关怀的眼神望着我："你有什么困难都跟我说，老师会帮忙解决的。"

我真不想坐在这儿，更不想面对常老师这样的关心，但我还是忍住难受说，好的。这时常老师站了起来，回到她的办公桌前，拿起水杯喝了一大口水又回到原来的位置。她在坐下的同时像是顺便提起了李美。她说：李美最近和你们在一起都还好吗？

我立刻想起了李美半夜的事，但我告诉自己，就是做梦而已，完全没必要告诉常老师。我跟常老师说，还好。常老师叹了口气，身体往后坐，像是比先前更放松了些，她说，米小易，你要多关心李美，有什么情况记得来告诉我。

我在下课铃声里走出常老师办公室，一抬头，李美站在不远处。她双手抱在胸前，虽然面色苍白，眼皮有些肿，但一副神态自若的样子看着我。我走了过去，她用咄咄逼人的口气问我：

"常老师叫你去做什么？"

"没什么，问我的学习情况。"

"真的？"

"嗯，她还顺便说起了你。"我漫不经心地回答她。

"她说什么了？"

"什么也没说，她只说让我多关心你。"

李美顿了顿，放下双手。哪个需要你关心，她说，说完她一只手伸过来揽住我的肩膀，我们一起走回了教室。在走的过程里，她故意把身体往我这边倒，我得用力抬着肩膀她才不至于往下垮。自那一刻起，我感觉到我们的关系发生了微妙的变化，我们更好了。我突然觉得很轻松，好像身体结构都跟过去不一样了。

我仔细想过应该怎样表达对李美的关心。李美能需要什么关心呢？她长得好看，成绩比我好，从更大的城市来这里，有很多朋友，看起来什么也不需要。当然李美的家境应该不算好，她带来的下饭菜也没什么油啊肉的，但我比她更差。

但我还是很想关心李美，不仅因为这是常老师希望的，也因为我想成为她最好的朋友。

我妈在离开黑山的时候给我留下了一只真皮箱子，这只箱子我带到了学校，就放在通铺的底下。箱子不小，我的衣物全部装进去后还有不少空余。恰好李美没有箱子，她只有一个布袋子，布袋子就放在枕头边。我向李美表示她可以和我共用箱子，为此还专门跑到学校门外的地摊配了一把箱子的钥匙。把钥匙交给李美的时候，她很开心，立即把她布包里的衣物拿出来叠好放进了箱子。没过多久，我和她还有小维就开始搭伙用煤油炉做饭了。

　　李美后来又在半夜尖叫过，我听见了就赶紧摇她的肩膀，她的叫声就会慢慢变弱，这样好几次过后，除了离她最近的我，已经不会再有人被她的声音吵醒了。

　　老实说，我喜欢那样的夜晚，我被一个人需要了。

· **9** ·

　　那时候初中部的学生下午四点半就放学了，我们常常结伴走出校门，在县城里四处晃荡。这座县城依山傍水，就建在安宁河的两岸。我们的学校在地势较高处，出了校门，往下走是缓坡，地势平坦的地方有菜市场和百货大楼。我们最喜欢的是逛百货大楼，虽然什么也不买。我们也穿梭在街道和楼房之间，遇上好玩的事就停留一会儿，比如旁观做生意的人吵架，外地人在街上耍猴之类，看累了又继续游荡，时间不知不觉就过去了。

到了月底，我们节约下的钱总够得上吃点什么，校门口有家名叫"实惠餐厅"的饭馆就是我们的乐园。说是餐厅，也就是卖点包子、米线什么的，我们一人点两个肉包子，那包子很大，可以把胃填得满满的。

偶尔我们也会跟着小维去她家稍作停留，不过这仅仅是为了满足我和李美的好奇，小维自己对回家没有太多兴趣，反正她每周末都会回家。她家在一排红砖房的其中一间，老远就能看到摆在门口的一只蜂窝煤炉和一盆大丽花。她家房间的墙上有张小维一家的合照，照片里小维站在她父母的中间，她父母端正坐着，瞪大了眼睛注视镜头。李美和我都盯着看了好久。

更多时候，我们顺着学校后门的一条小路往灵关山上跑，找一块马尾松旁边的大石板坐上去看书或者玩点别的什么。

坐在大石板上可以看到我们的学校，学校附近的楼房，楼房下面的河流，河流对岸的人家。夏天常有谁家的鸽子在那些屋顶盘旋，南面有火车鸣笛驶入山洞。偶尔听见遥远却有穿透力的口哨声和呐喊声，是河对面的武装部在组织民兵训练。有时看书累了我们就看着远处聊天，说些女生之间最亲密的话。偶尔小维和李美会因为一个话题争吵起来，最后总是我大喊，别吵了，你们这两个风摆柳。在我们那里，"风摆柳"总用来形容疯疯癫癫的坏女孩。我这么一说，小维和李美会停止吵闹，李美有时候还会瘪着嘴扭起腰来，一边扭一边重复那三个字：风，摆，柳。然后大家就笑成一团。

我曾经在一个合适的时机问起过李美晚上尖叫的事。我是这样问的：为什么你有时候晚上会突然发出尖叫，一定是在做梦吧？李美愣了一下说，是的，一定是在做梦。过了一会儿在我们已经换到下一个话题的时候，她突然对我说，米小易，我真的是在做梦，下次我再叫，你就继续像以前那样拍我的肩膀，可以多拍一会儿。

坐在大石板上还可以看到远处的黑山山顶。我乡下的老家就在黑山半山腰。从黑山到县城，交通工具有摩托车、面包车和班车。如果运气好，可以坐一辆面包车直达学校，三个小时就到学校了。在通往学校的路上，我爱上了一个小游戏。有一天我决定把这个小游戏告诉李美和小维，在我心里有一个标准，知道这个小游戏的人，就是这个世界上和我最要好的朋友了。还是在灵关山，马尾松旁的大石板上，我跟她们说起了这个小游戏。

小游戏是这样的，坐在车上往窗外看，我会选喜欢的东西编自己的故事。车子从黑山往外面开，盘山公路的远处有一座竹林掩映的房屋，我想象自己是那个房屋主的女儿，我在房前种上喜欢的指甲花，有时还给自己安排一个弟弟。那座房屋距离大路实在很远，有时因为转弯，房子从我眼前消失，不多久它又冒了出来，我可以盯着它看很久。每一次都这么看那么想，这房屋就变得越来越生动和具体。我甚至想象出房间里的桌子是上了浅色油漆的，属于我那间屋子的床是木头的，床单是碎花的。出了山区来到大坝，公路变得越来越宽阔，路边一棵木棉树下有户人家，房屋前有个院坝，我给这个院坝增加一辆大货车，这下我就变成了货车司机的女儿，每周五放学，货车司机开着车来接我回家。

类似这般的小游戏还有很多，可以将从家里到学校的三个小时拉得更短。很快就来到了河谷地带，公路上长着行道树，行道树后面是大片大片肥沃的土地，人家户在土地的后面。我最希望进入的，是距离县城大约半小时的一个地方。那里有一处村落，有一栋两层小楼。每次经过那栋楼都是傍晚了，昏黄的灯光亮着，依稀看见从楼顶垂下的一大窝三角梅，花儿开得正艳。啊，我对自己说，我的家应该在这里。我给墙壁刷成了明黄色，窗户上安了白色窗帘，这样灯光就是透过窗帘射出来的。尽管我那时候只是个初中一年级的小女生，但借着那些远离黑山的事物，我可以把自己的一生都想象出来。我总在不断地往上面加东西，不断地让故事更完整。甚至我想到了结婚，生孩子，有一大群孩子，有一个孩子们的爸爸和我一起对着孩子们露出满意的笑容。反正是想象，没有什么不可以。

　　当然我给她们讲的时候没讲得这么具体，我主要表达的是，我们可以通过想象活在另一个自己喜欢的世界里。我还指了指河对岸县城上方，灰白色岩石构成的缓坡尽头，一个小村子。我说，你们看那里，我也可以把家安在那里，那里离县城多近啊，左边那个大烟囱看见了吗，应该是个酒厂。我当酒厂老板的女儿吧，我要闻着酒糟味儿长大。

"那我做你的邻居，酒厂旁边应该有个小卖部，我最喜欢的就是开商店了。"小维把头靠在我身上，还摸了摸我的头发，像个大人那样。

至于李美，她选择了村子边上，离城市最近的一个院子，她说那个院子旁边的一窝三角梅太好看了。原来她也和我一样喜欢三角梅。隔太远了看不清，我和小维觉得那不是三角梅，李美坚持说是，她说那是大红色的花瓣，很少见的品种，她很小的时候家里就有一棵。那后来呢，你家搬家了吗？小维问。李美说，搬过很多次，不过现在不说这个。

我们回到我提出的游戏中，选好了地方，我们进一步建设我们各自的家。这成了很多个下午的保留节目。小维有一次提议我们应该走到河对岸那个村子去看看，这样我们编的故事就会更明确，内容也更丰富，李美则坚决表示没必要。

李美也跟我们讲过她自己的小游戏，她一边讲一边示范，她趴在地上，一边耳朵紧贴地面，另一边耳朵紧紧捂住。她示意我们照着她做，我们跟着做了。她说，你们听，仔细听，听见了没？

我闭着眼睛听了很久，远处的车流声，学校操场上篮球撞击篮板和地面的声音，还有谁家的公鸡在错误的时间打鸣。和坐起身听相比，这些声音有些变化，像是从一个地下通道传来，但也没有觉得有什么特别。我说，没有听见别的什么。

"不，不一样的，可以听到另外的东西。小时候我妈我爸打架的时候，我都会跑到外面的地上趴着，闭上眼睛，耳朵紧贴地面，他们吵架的声音就听不见了。我听到有人在唱歌，像更小的时候我妈在哄我睡觉。"说到这里，李美咬了咬嘴唇，爬起来坐在地上，望着远处说，然后我就没那么害怕了。

　　小维则贡献了一件她听来的事情："我那天在寝室里听一个高中的学生说，如果能穿过火车站那边的隧道，走到山的另一面，就可以在另一面的隧道口许愿。那个同学说，她也是听以前的高年级学生说的，据说有人这么做过，那些许了愿的人都如愿了。"

　　李美对这个很感兴趣，她要求小维讲得更详细些。小维说，她只知道那条隧道很长，走路穿过去至少一个小时。李美听了很激动，她说，一小时，不算长啊。

· **10** ·

　　小游戏的交流没过多久，李美就跟一帮高年级的学生去了铁路。

　　李美坐在教室里跟同学们讲她的经历，男生女生都围拢过去，我们站在她周围，一个圆圈，李美坐在中间。

　　"我们先是花一小时翻过灵关山，灵关山的那一面很陡，坡上长满了夹竹桃。从夹竹桃树林往下梭，梭到尽头站在一个水泥坎上，大春喊跳，我眼睛一闭就跳到了下边的碎石堆里，睁开眼睛铁轨就出现了。回头看那个水泥坎，妈哟，至少有两层楼高。"

李美给我们展示她的手，她右手手肘上有一大片伤痕，她说是在夹竹桃树林里梭的时候擦伤的。这时候有人问李美：是大春约你去的铁路吧？

"不是，是初三一个女生约的，但到了水泥坎那个女生不敢跳了，要是没有大春，我们就都不跳了。大春喊一声跳，大家哇啦哇啦叫着一齐跳了下去。我们沿着铁轨走了很长一段，中途还避让了一趟火车。"

关于初二年级大春的任何事大家都感兴趣。大春的父母在火车站上班，他是大家都羡慕的"铁路子弟"，听说坐火车不要钱，听说他是坐着火车去过北京的人。这还不是他最吸引人的地方，我们都知道有关大春的一件事：他拒绝上物理老师的课，因为那位老师在课堂上收走了他手上的一本小说。但是期末物理考试，他考了全班第一名。大春也是不努力就可以取得好成绩的人。他和李美都是这一类，他们轻松拥有的东西，别人要花很大的力气才能获得。我也属于"别人"，有时我为了让自己显得轻松一些，不得不在半夜躲在被窝里，打着手电筒复习。我猜那时候有不少人和我一样。

李美在提到大春的时候总是神采飞扬，同时又带着点轻微的嘲笑，有资格对大春表示这"轻微的嘲笑"，已经表明他们的关系很好。关于去铁路，她继续说："本来大春是要带着我们穿过隧道的，他家是铁路上的，他才不怕穿隧道。隧道那一面就是站台了，我们只要快速跑过站台就可以钻进隧道，但是妈哟，有几个人怕了——"

这时候常老师突然出现在教室门口，大家四散开去。

因为有潜在的危险，学校禁止学生去灵关山另一侧的铁路，"去铁路"也就代表了对抗权威的勇敢。学校最终知道了李美、大春他们去铁路的事，贴出了一张通报，点名批评之外每个人还写了检讨。那些通报和检讨都张贴在教学楼外的报栏里，隔着玻璃老远就能认出李美好看的字迹。李美也因此巩固了她在整个初中部学生中的地位。

· 11 ·

　　很快我们就上初二了，我们的周围开始流传一个消息：不久的将来，安宁河的下游要修建一座巨型水电站，大坝筑起后，我们的县城就会被水淹没。一开始这个消息只在私底下流传，直到有一天，那位捐赠早餐的校友回了一趟县城，这事就变得更加确定了。

　　校友是陪几位领导和专家来考察电站修建的，他在繁忙的工作之余抽空回了一趟学校，在全校大会上发表了一场演讲。那天我们全体师生站在操场上听他的演讲，他讲述早年的奋斗经历，讲述故乡在他人生路上起到的作用，他还提到了电站的修建。他说，电站建好之后，我们这个县城将名扬天下。想想吧，他说，这里的电汇入国家电网，向全国人民输送电流，造福五湖四海。到那时，人们会来到这里参观电站，我们的县城不久之后就会变成一座水库，不，群山之间的一座湖泊，可以养鱼，可以发展旅游业，可以坐着快艇在水面上看风景，这一切，将会对我们县的发展产生深远的影响。

"就是说，我们每个人都会变得更有钱。"李美这么认为。

对我们这些学生来说，变得更有钱的那一天还很遥远。跟我们相关的事只有一件，原本作为宿舍的那栋木质小楼因为年代久远，存在安全隐患，学校原计划新的宿舍楼今年修建完工。新楼的地基在去年就打好了，因为水电站的事就搁置了下来。我们不得不继续忍受夜晚成群结队的老鼠在楼板或者别的什么地方跑来跑去，以及到了下雨天，大寝室里就得摆上一两个接雨水的盆子。

当然，还有一个小小的变化。我们的小团体如今再坐在石板上，编故事的游戏就遇到了障碍。河水会淹没到哪个位置呢？小维认为所有我们看到的房子都会被淹没，李美则坚持那个"我们的村庄"会保留下来。李美的理由是，那个村庄在她看来高度跟山背后的铁路差不多，而她听大春说，大春他爸说，电站的修建不会影响到成昆线。李美的说法让我愉快，我还没去过铁路呢，我想总有一天我也要从夹竹桃树林梭下去，再大喊一声往下跳，一抬头就看见铁轨。我也总有一天会坐上火车，去更远的地方。

· 12 ·

十多年过去了，县城还没有被淹没，成昆铁路也一直在运营。我的车开在峡谷里的公路上，时不时能看到在金沙江的对岸，铁轨穿过山坡钻进隧道，偶尔一声火车鸣笛响彻山谷，随即是轨道与火车摩擦产生的隆隆声。公路和铁路并行在金沙江的两岸，不远处的渡口市盛产钢铁和煤炭，源源不断的钢材每天从此地运往全国。

据说在20世纪50年代，这一带的铁路修建耗费了巨大的人力和财力。因为江水蜿蜒，山又多，每隔一小段就必须开挖隧道修建桥梁。我曾经听李美讲过关于修建铁路的骇人故事，说是在用水泥浇筑桥墩的时候，有一位工人不小心掉进了翻滚的水泥浆里，根本来不及救他，更多的水泥浆倒了进去，天气又冷，水泥浆很快凝固，他最终变成了水泥桥墩的一部分，永远留在了成昆线上。

李美讲这个故事的时候语调平静，她总是可以平静地讲出严重的故事，"你知道琥珀吧？那效果就跟一只蚊子掉进树脂差不多，区别只是水泥浆不是透明的"。这故事当时吓了我一跳，很多年后回忆起也觉得毛骨悚然。后来上大学时，我还专门上网查了资料，网上有篇文章部分印证了李美的故事不是凭空编造。那篇文章说，成昆铁路是"20世纪人类征服自然的三大奇迹之一"，全长近1 100公里，一路上铁路过桥梁991座，穿隧道427条，堪称"奇迹之路"，文章还专门提到，在修建铁路时，人类付出了惨重的代价，**"平均每公里有两名筑路者献出生命"**。

事隔多年，我读到土耳其作家塔朗吉的一首诗，题目叫《火车》：

去什么地方呢，这么晚了，

美丽的火车，孤独的火车？

凄苦是你汽笛的声音，

令人记起了许多事情。

为什么我不该挥舞手巾？

乘客多少都跟我有亲。

去吧，但愿你一路平安，

桥都坚固，隧道都光明。

"桥都坚固，隧道都光明"，读到这里，我脑子里出现的还是李美和她讲的故事。"桥都坚固，隧道都光明"，李美与比她更早出生和死去的年轻人一样，永远都读不到这首诗了。

· 13 ·

春天在这座小城来得特别早，河边的野樱花早就开过了，天气一天比一天热，但开学两个星期了，全校几百个学生，没有一个女生穿裙子。

"其实早就可以穿了，根本不会冻感冒，只是没人敢第一个穿。"

这话是李美说的，她又说对了。从严冬里走出来，每个人都变得更保守，在春天刺目的阳光下，露出小腿接受大家的注视是需要勇气的。

李美从枕头下拿出准备了好几天的百褶裙穿上，同时吩咐我们照着她做。就这样我们成了全校第一批穿裙子的女生。李美走在前面，我和小维紧拉着手跟在后面。李美穿一件白衬衣搭配咔叽布百褶半身裙，半身裙是藏青色，在宿舍里看还很暗淡，此刻在阳光下突然闪耀起粼粼的波光。小维是一条褐色料子布连衣裙，裙子袖口有点小，把手膀勒得有点难受。她一只手拉着我，另一只手总忍不住要理一理袖口。我的裙子是那个时候最过时的纯棉浅色碎花布，村里的亲戚送的，很明显大了许多，我瘦小的身体在一堆硬邦邦的，上了浆的棉布里晃荡。不得不说，我和小维像两个相依为命的逃难者，而李美是那个在最前线冲锋的英雄。

那天以后，果然校园里穿裙子的女生就多起来。

关于那一天，我还要讲一件事。那天天气晴好，木棉花还长在枝头，因为头一晚下过雨，空气很新鲜。我们三个人走到教学楼外面台阶的时候，风吹过来把李美的头发吹乱了，一些发丝遮住了她的脸，但她只是甩了甩头，把头发甩开了，非常自然和勇敢，她还故意放慢了脚步，四周是假装无视但其实隆重的目光。

我心跳加速，低着头往前走，差点撞上转身的李美。李美转身对我们说，你们陪我去趟初二的教室。米小易你不是想读小说吗？大春有，我帮你找大春借。

"那跟我没关系了哈。"小维三两步就跑进了一楼我们班的教室，剩下我跟在李美的身后上二楼。

楼梯拐角处就是大春所在的班级。我躲在楼道里再不愿往前走，李美也没有强求，她一个人走了上去。只听见李美站在教室门口对着里面喊："大春，大春，有人找你借书。"

短暂的安静之后是一阵哄笑声，接着大春和李美站在了我的上方。他们所在的位置比我高几级台阶，逆光中两个本来就高的身影显得更高了。站在楼道阴影里的我，当时一定很局促，我什么话也没说，只是抬着头望着这两个被众多男生女生喜欢的人。

"就是她，米小易，我们一间寝室的，借本小说来读一下。"李美一只手指着我，另一只手叉在腰间。她双眼盯着大春。

嗯嗯，我说，借来读一下，过两天就还你。慌乱无措中我理了理皱巴巴的花裙子，两只脚忍不住往后退。

大春低头俯视我，一副漫不经心的表情，他问：哪方面的小说？我有的话明天带来。

我不是非得读小说不可，但我把书拿回寝室，李美就多了再一次出现在二楼教室门口的机会。我想了想说，读外国的。我那时没读过什么小说，说不出想读的书，但是觉得让大春和李美听到我想读外国的，会比较有档次。大春听了眼睛发亮，他说他最近得到两本书，分别是《远大前程》和《雾都孤儿》，问我想读哪一本。"孤儿"两个字让我心里一紧，我赶紧说，《远大前程》。他说，那你等两天，这本我正在读，读完了就给你。

· 14 ·

　　两天后我拿到了《远大前程》，没想到它写的也是一个孤儿的故事。读到第83页的时候，我看到一段话被画了线："人生的长链不论是铁打的还是金铸的，是荆棘编成的还是花朵串好的，要不是你自己在一个难忘的日子亲手制作了那一环，你也就根本不会一生都受到它的束缚了。"

　　从这一段开始，后面越来越多画过线的段落，不仅是画线，在有些地方，大春还会将一些句子抄一遍在空白处，或者在画线的尽头打一个大大的感叹号。读到那些部分，我总会反复读。

"先是太胆小，明知不该做的事却不敢不做；后来也还是太胆小，明知该做的事却不敢去做。

"雾已经全散了，世界在我面前展开。

"又是一个晴朗的夏日，我一路走着，旧时的光景一幕幕映入眼帘，那时我还是个孤独无助的小东西。

"马换了一次又一次，路愈赶愈远，再要回去也来不及了，于是我只得继续往前赶。"

…………

该怎么讲述这种感觉呢？通过那些线条，就好像突然之间，我拥有了一个秘密通道，一连串的密码，一道又一道向我敞开的门。

读这部小说花了我一周时间，那一周内，李美天天问我读完没读完没。终于读完了，李美拉着我去初二教室门口还书，和上次一样，我还是在楼道阴影里等他们。李美在门口大喊："大春，出来，我同学还你书。"然后他们又一次出现在我上方，我走上去把书还给大春，大春拿起书随意翻了几下问：读完了？我说读完了。他又问：还想读别的不？比如那本《雾都孤儿》。我说可以。就这样我又用同样的方式读完了《雾都孤儿》，还有《简·爱》和《三个火枪手》。

读《雾都孤儿》的时候，李美问过我小说好不好看，我说好看，她说那我也看，我把小说给她，她翻了几页，看到一段画线的，她站着晃动身体读了起来，她模仿电视晚会里的诗歌朗诵，用一种夸张的语气："天将破晓，第一抹模糊的色彩，与其说这是白昼的诞生，不如说是黑夜的死亡。"

读完她哈哈大笑，我心里有点不舒服，我不想属于我的隐秘快乐被这样对待。但我也只得配合她笑，因为也只有这样，那些快乐才是完全属于我一个人的。笑完她问我：这是大春画的线吧？你觉得他为什么要在这里画线？

我在刚才笑声的余韵里说，莫名其妙，书里到处都是线，比蚯蚓还难看，可能是想显得自己很懂吧。

李美又继续笑起来。她又翻了几页说，不好看，外国人的名字太难记了。

一天中午，一楼教室外昏暗的走廊里，大春两手揣在裤包里，歪着头迎面走来。当时除了我们两个再没有别人。我的心脏突突跳起来。大春叫住正准备加速离开的我，他问我：你喜欢读那些书吗？我站定了说，还可以。他又问：你看到我画的那些线了吗？我说看到了。他说，你也可以画的。我说好的。他的嘴角慢慢往上翘，头不再歪向一边了。他一只手从裤包里掏了出来，好像是一时找不到地方，最终挠了挠头发。

　　突然，他像想起了什么，赶紧从书包里拿出一本书递到我面前说，再给你看一本。他还说，这本我也读过，送给你了。我还没反应过来，他已经跑远了。

　　我把这本书捏在手里，书的封面上写着"傲慢与偏见"。我一时不知道应该怎么对待它，走回寝室的时候，我悄悄将书塞到了枕头下。有点担心被人看见，我又把床褥掀起来，放在了最下面的木板上。

· **15** ·

晚上躺在通铺上，半天睡不着，楼板里的老鼠也似乎比往常多。不过我想得更多的是白天与大春的见面，我仔细回想每一个细节，回想我穿的是哪件衣服，大春问我喜不喜欢读那些书的时候是什么表情。想着那本《傲慢与偏见》就放在床褥下，我的心里闪过一丝温暖。现在想来，那种温暖就好像你低头走了很远的路，突然被一个人看见。

我在黑夜里玩起了那个驾轻就熟的秘密小游戏。

我把大春安排进了河对岸那间小酒厂。房间里的桌子是上了浅色油漆的，院子里停着一辆货车，屋外一大窝三角梅开得明亮耀眼，昏黄的灯光亮着，我们一起把墙壁刷成明黄色，在窗户上安装白色窗帘。

我大胆地往后想，想到很多年后，各种细节，我们仍然在一起。我跟自己说，反正是想象，没有什么不可以。

小游戏进行得很顺利的时候，我听见隔壁的李美在翻身。从那种恍惚的状态里清醒过来，我还是不敢跟她说点什么，过去的一个下午我都在避免和她单独在一起。这时李美说话了："这个周末我们去河边玩儿，逮爬沙虫。"

"我们三个吗？"我问她。

"当然是我们两个，小维要回家的嘛。"

过一会儿她就像想起了什么，随口说了一句："对了，还有些人参加，初三的，还有学校外面的。"

爬沙虫是长在安宁河边的一种生物，可以炒来吃。我向来不敢吃，更没想过去逮。李美的胆子总是比我大，她也总有办法进入那些对我来说陌生的团体。我不敢问她，另外参加活动的几个人里有没有大春。不管有没有，我现在没那么心烦意乱了，很快就睡着了。

春天的安宁河像它的名字一样安宁。岸边有农民劳作，莲花白一片连成一片，莲花白的尽头就是县城，有喇叭声偶尔从楼房和木棉树中间传来。从雪山出发流经此地的河水，在雨季到来之前都是清凉而缓慢的，太阳照在河面上，白光刺眼。爬沙虫全身黑色，长得有点像蜈蚣，只是没那么长，没那么多脚，是安宁河沿岸特有的。现在它们中的几只躺在一只塑料桶里，我负责守在桶边。远处是李美和一帮比我们大些的学生，还有两个学校外面的人，年龄比我们大一两岁，我们通常叫这些人"社会上的"。李美穿着白衬衣和百褶裙，她将百褶裙的一角提高在膝盖处打了个结，光着脚站在水里，和那帮人嘻嘻哈哈打闹着。

大春是很晚才来的，他从野樱花树林往我的方向走来。我有些担心他会问我小说读到哪里了，因为从昨天到现在我都找不到机会把李美撇开，我一个字都还没读。我赶紧站起来往河水的方向去了。我走到河水里，转身看见大春在塑料桶的地方坐了下来，手里摆弄着什么。

"大春来了。"我跟李美说。

"来就来呗。"李美一边说一边抬起头，她往塑料桶的方向望了一眼，然后低下头继续掰开大大小小的鹅卵石寻找目标。这时有个男生说他又逮到了一只，李美凑过去抓起那只虫子往岸边走了。后来我们都回到了塑料桶的位置，大春已经用石头搭好了临时的灶，上面放了一块不知哪儿来的瓦片，灶膛里燃着火，瓦片上炕着几只爬沙虫，有人往上面撒了点盐。

"午餐"的时候大家都坐了下来，我不敢吃虫子，坐在一边看着他们吃。大春捏起一只递给我说，试一下嘛，很香。我接了过来，闭着眼往嘴里放，确实有点香。

初三的学生和那几个"社会上的"聊着热闹的天，李美时不时插嘴，她总能在合适的时机说出一句逗大家发笑的话。他们聊天的内容无非是那些事，谁谁喜欢谁，谁很招人讨厌，哪位老师课堂上有惹人发笑的怪癖，最近哪个明星演了什么电视剧。我发现自己一句话也插不上。

这时大春开启了一个新的话题："下个星期的风筝比赛我报名了，你们报名不？"

那个比赛我也恰好报名了。比赛内容是自行制作风筝，再统一在操场上放飞，老师按照制作水平和飞行的高度来判定名次。我觉得自己会画画，可以按照老师教给的方法做出一只漂亮的风筝，至于能不能飞上天，倒没想太多。大春问出这个问题后，我正犹豫要不要回应他，李美说话了：

"我报名。"

大春没有理会李美，转身对我说："米小易，你应该报名。"他用的是那种在当时的气氛下难得听到的语气。

短暂的安静之后，我听见李美又说话了："是哦，米小易你报一个，我和你一起组队参加。"随即她看着我笑起来，同时还瞟了几眼大春，是那种"有件事很好笑，但是只有我和米小易两个知道"的笑，然后她冲着我说："你记不记得那天，读小说那天。"她继续笑着，一边笑一边捂起嘴，像是在控制自己发笑。显然她认为自己在某方面和我是一伙的，所以我们之间拥有某种得到双方认可的秘密约定。这约定只有我和她才懂，别人根本不懂。

我一时不明白她要表达什么，但我必须对她的笑做出回应，于是我也笑了一下。终于，她转身对大春说："米小易说你书上画的那些线条，比蚯蚓还难看。"说完咯咯咯大笑起来。过一会儿她又看着我补一句："为了显得自己很懂。""为了显得自己很懂"——这句话，她明显是在模仿我的语气和神情，尽管不像，但所有人一看就知道，她是在模仿我。说完她又笑了。

大春的嘴角轻微抽动了一下，刚才在他脸上浮现的真诚退了下去。他歪着头看向天空，一副无所谓的样子，然后他也露出轻松的笑容，对着天空说："是的，是这样的。"

我用了很大的力气控制住就要涌出来的泪水，

挤出一丝笑容，学李美的那种语气说，是挺难看的。整个过程只有两三分钟，我们三个看起来像是在开一个轻松的玩笑。周围的人并没有意识到发生了什么，更没人知道我心里经过了一场怎样的风暴。

事后想来，我为什么不找大春说清楚当时真实的情况呢：第一是我觉得自己说不清楚；第二也因为，在当时那种微妙的氛围下，我的大脑陷入一种无力和混乱中，就算知道应该怎么做，也无法去做。

那天很快又有人开启了新的话题，都是我插不上嘴的内容，我默默待在一旁听着。李美神采飞扬，处于话题的中心，她充满生机的笑声，像磁铁一样吸引着大家。大春到后面也不乏幽默，他好像忘记了刚才的微妙瞬间。虽然话不多，但只要他说话，所有人就很认真地在听。天气那么好，我感觉到我正和一个聪明、自足、轻松的小世界待在一起。我要用力让自己放松下来。我坐在一块石头上，捡起一根树枝敲打旁边更多的石头，装作享受春光和友谊。他们说笑话的时候，我常常笑不起来，但也努力地咧开嘴笑着。

· **16** ·

风筝比赛在一个天气晴朗的下午举行，大春没有参加，也没有作为观众出现在操场上。我和李美共同制作的风筝拿了第三名，但我们俩都没有表现出特别开心。那只风筝拿回寝室，李美把它放地上，用脚顺势推到了床底下。从此我们俩都像忘了这回事。我们好像比过去更好了。

上周我们三个人路过操场，操场上是打篮球的男生，大春也在他们中间。李美跑在我们前面，转身大叫我和小维的名字，她穿着那条百褶裙，转身的时候裙子飞成一个圆。我们跟了上去，她开始讲一个最近听来的笑话，讲完自己放声大笑起来。我和小维一起配合她的笑声。我们回到房间，白天的太阳将李美的床烘得暖暖的，我坐在她的床上，她一屁股坐在我的床上，小维挤在我们中间，有一会儿我们就那么坐着，笑着。

我终于找到合适的机会读大春送我的书。那天趁李美和小维都不在，我打算拿出书到外面随便什么地方读。我小心掀开床褥，但是书不见了。

一开始我还怀疑自己是不是搞错了，我把整个床铺翻了一遍还是没有。这时李美和小维进寝室了，我的第一反应是千万不能让内心的慌乱暴露出来。

我一边整理床铺一边哼着歌，装作心不在焉的样子。小维问我：米小易你在找什么？我说没什么，一本书掉了。李美似乎没注意到我，她三两下爬到上铺找高年级的学生玩去了。至今我仍然不知道那本书去了哪里，并且时常想起它。一想起它，当年丢失一件东西那种无处诉说的难过就涌了上来。

那段时间，我被一种奇怪的情绪包裹着。说不清楚那是种什么情绪，就好像在我的周围罩起了一个半透明的塑料圆球，人们说话的声音在经过那个圆球到达我的耳朵时都变了样。我想冲破它，但它总在离我半米远的地方，够不着。世界飘飘浮浮，像个影子。

但不管怎么说，表面看起来，我什么也没有失去。一次数学考试，我还拿了高分。有个细节我应该说说：老师发试卷的时候，我先是看到自己的分数，92，我立即想知道李美考了多少，就听老师在讲台上说，李美是全班第一名，95。我松了口气。

　　我到现在也没有读过《傲慢与偏见》，大春也没再问我读了那本书没，逮爬沙虫那个下午之后，一切都不一样了。

· **17** ·

最近高中部的学生下晚自习之后，李美就不属于我和小维了。

她总爬到上铺，在中间靠边的铺位上玩儿，那个位置有个高中的女生，也是从市里转来的。李美坐在上铺，小腿从床围垂下在空中晃荡，她欢快的笑声总是传得很远。她们，还有上铺另外几个学生经常开一些我听不太懂的玩笑，有时她们发现我和小维在听，就不往下讲了。熄灯铃响过之后李美才从上面下来，在夜色里钻进自己的被窝。

这期间还发生了一件我们生活中的大事，我们隔壁寝室一个女生在用煤油炉做菜时引发了火灾。那天我们被隔壁一连串的尖叫声惊呆了，大家纷纷挤到隔壁去看，只见浓烟密布，木桌子燃了起来，火苗正往上升，做菜的女生躲在角落蒙着脸哭喊着。这时候李美大声叫起来，她说大家快跑啊，大家才如梦初醒般往楼下跑。

楼道那么窄，有人摔倒了，有人从后面踩上去，李美拉着我和小维一路跑在最前面。万幸的是一楼的男生冲上去扑灭了火苗，除了几张桌子和临近的床铺被烧坏，两个女生在跑的过程中受了伤，没有更大的危害。

这件事引起了学校领导的重视，很快学校颁布了一项规定，禁止学生在寝室里使用煤油炉，学校食堂也开始提供下饭菜。我们三个人组成的搭伙做饭小团体就这么解散了。

李美在半夜还是会试图发出尖叫，我仍然会拍拍她的肩膀，有一次她啜泣着抱住我，大夏天的，她全身冰凉，发着抖。但是到了白天，她又变回了那个骄傲的李美，她大声说笑，在课间和男生打闹，在外处处罩着我和小维，回宿舍就和高二女生一起玩。

慢慢李美和我们傍晚在一起的时间也少了些，快期中考试了，我们不再去县城里晃荡，有好几次只有我和小维两个人爬上灵关山。李美又多了一条新裙子，她说是她妈妈给她的，但我们并没有看见她妈妈来过学校，她也没有在周末回市里。最近两个周末她都穿着那条裙子一个人跑了出去，在寝室熄灯前才喘着气跑回来。

这一天傍晚天气放晴，灵关山上方出现晚霞的时候，我向小维提议，我们又去了大石板。我发现了一条陡峭的小路，沿着这条路往上走，可以比过去更快到达有马尾松的大石板。我们手拉着手走在小路上，我想起了李美。我心里想，这是一条李美没有走过的小路了。

坐在大石板上，天光渐渐暗下来，有一会儿我和小维都沉默着，呆呆地看着远处。我还在想李美，显然小维也想起了她，因为小维突然说："李美跟我们本来就不一样，要不是住一间寝室，她不和我们做朋友的。"

"嗯。"

"她和大春的事你晓得吗？"

我说我不晓得。小维说，有人看见李美和大春在安宁河边散步。"是散步，不是走路，两个人并排着走，就他们两个，这也太明显了。你懂吧？"

我不想继续这个话题。我说，李美是我们的朋友，我们不要在背后乱说她。小维用惊讶的表情看着我："这就叫乱说？再说了，李美巴不得全校的人都知道她的事。昨天在教室里她还不停在那儿炫耀他们一帮人又去河边逮爬沙虫了，她还说放假之前他们要一起穿过隧道呢。"

那之后，小维就特别想在我面前证明大春和李美的关系。第二天傍晚我们三个一起去食堂打饭的路上，小维建议今天打好饭去操场那边吃，她说，我们去早点，今天有男生在操场上打比赛。然后她放慢语速，充满深意地说，大春肯定会在。她说的时候望着李美，同时身子往李美那边挤了挤，李美瞪了一眼她，脸上浮现出暧昧不明的笑容。她俩就这么挤来挤去往前走。

当然，我们始终不能确认李美和大春有关系。李美最擅长的是用她那种特定的微笑，一个暗示，表达她想表达的内容，而她什么也不会说。

· 18 ·

　　李美很喜欢她的新裙子，不穿的时候她总是把它叠得整整齐齐放进我的真皮箱子。

　　这一天我忍不住装东西的时候顺手摸了摸那裙子，是腈纶格子面料，一点褶皱都没有，滑滑的真舒服。来回摩挲了几下，我又忍不住把手伸进面料里面，闭上眼细心体会光滑冰凉的触感，突然我感觉摸到一个硬硬的东西，捏了捏，好像是一串项链，绳子的尽头有一块金属吊坠。

　　我从来没见李美戴过项链，一种奇怪的感受涌来，我不敢掀开裙子看那串项链，这感觉就像我不敢在李美的面前直视大春，也不敢数学考试比她考得好，我很快把手缩了回来。

　　夜晚熄灯前，寝室里有个高二女生突然大闹起来，说她的东西丢了。她说丢了二十块钱，同时还有她亲戚在内地给她买回来的项链。她一边哭一边说，项链是在寝室里丢的，她昨晚睡觉时把项链取下放在了钱包里，今天早晨因为脖子发痒就没戴，现在才发现项链和钱包里的钱都没了。

　　有人问她项链长什么样，她说，皮绳子的，拴了个吊坠，是一只猴子，她属猴。又有人问：钱包一直放在寝室里吗，会不会带去过教室，或者去澡堂的时候取下忘在那儿了？她被问得犹豫了一下，随即又直摇头说，没有带去过教室，今天也没去澡堂，项链就是放在枕头底下的。

一股巨大的恐惧朝我袭来。我满脸通红，心跳加速，下意识用眼睛搜寻李美。李美正站在那位丢了项链和钱的高二女生旁边，表情严肃而平静。她双手交叠抱在胸前，跟那天我从常老师办公室走出来看到的她一模一样。

高二女生哭了一会儿开始破口大骂，有人建议她挨着搜，这个建议一提出来，立即得到好几个人的响应，搜寻工作马上开始。李美这时和别人一样坐回了自己的床位上，我也跟着坐了回去。

我不断安慰自己，箱子里那个我以为是项链的东西也许不是项链，就算是，我只是摸过，并没有亲眼看见，根本不能确定那串项链就是高二女生的项链。

一只猴子，李美不属猴，她从没说过她喜欢猴子，我也没摸出那个金属吊坠是猴子。只是碰巧，李美恰好有一串项链而已。

但我还是没办法让自己的脸恢复正常，它越来越红，越来越烫，同时我捏紧了双手，呼吸也不受控制，好像是一直在吸气，要专门找个时间才能把吸进去的气吐出来。

每个人都回到了自己的铺位上，搜寻工作从上铺那个高二女生的旁边位置向左右两边铺开，很快就蔓延到了下铺。我整个人僵在床上，如今想来，当时的感觉就像是坐在河岸边无法动弹，眼睁睁等河水漫过身体。坐在我身边的李美还是很平静的样子，小维则把她整个身子往铺外探，注意力完全集中在搜寻工作上。

她们开始搜小维旁边的旁边那个女生了，很快会轮到小维，接着就是我，李美的位置在最边上，她是最后一个。就在这时，宿舍灯熄了，睡觉时间到，差不多同一时间，常老师和高二的班主任一起出现在了寝室门口。大概是有学生把事情报告了老师。

待那个高二女生把事情原委详细讲一遍之后，常老师说："情况我都了解了，偷东西肯定是不对的，但随意搜查也是不对的。大家都帮她好好想想，还有没有别的线索。同时，如果真有哪位同学拿了别人的东西，可以来找老师坦白，我们一起把这件事处理好。大家现在睡觉吧，不许再搜了。"

灯熄了确实也没法搜了，常老师走到她班上的三个女生旁边，在我们每个人的肩膀上轻轻拍了两下离开了。两位老师离开后，大家又压低声音谈论了很久这件事，声音慢慢变弱到没有，一轮月亮升起在窗外，有几只鸟在杉树那边叫。我一直睡不着，直等到从各个方向传来各种沉重的呼吸声和鼾声，我还是睡不着。我想知道李美睡着了没有，但她那晚很安静，我也问不出"你睡着了没"这样的话。

恐惧和好奇折磨着我，我想知道箱子里的项链吊坠是不是一只猴子，又担心它真的是一只猴子。我没有力气，也不敢在这个时候翻身下床从床底下拉出那只装满秘密的箱子，时间就在这折磨中溜走。迷迷糊糊中，我感觉到一个身影在我身边爬了起来，是李美。她下床了，我的第一反应是她要去打开箱子，但她没有。只见她侧躺在通铺前面的一小块空地上，一只耳朵紧贴地面，用手捂住另一只耳朵，整个身体缩成小小的一团。是的，就是那个她教给我们的小游戏。

李美躺下的位置正好对着窗户，窗外的月亮又大又圆，月光下她抽泣了一会儿就没了声音。我担心她睡着了，要是躺在地上保持这个姿势，明天早上被大家看见怎么办？我把自己的身体从床铺上往外挪，挪到能伸手碰到李美的位置，拍了拍她的肩膀。她马上坐了起来，什么也没说，她回到了自己的铺位上。我最后还是睡着了。

· 19 ·

　　天亮了，起床铃响起，新的一天终于开始了。晨读之后的早餐时间，我吃到一半就回了寝室，那种复杂的情绪折磨着我，我想再打开箱子看看。我想好了，如果是猴子吊坠的项链，我就把它放回那个高二女生的铺位。如果不是，我和李美会成为永远的好朋友，无论她以后做什么我都会原谅她。寝室里这会儿一个人都没有，箱子感觉比往常更重，我拖出箱子，拿出钥匙弄了半天才打开。

掀开那件腈纶格子裙，没有项链，什么也没有。有一瞬间，我想是不是在做梦，或者，昨天我摸裙子的动作只是个梦。

我是背对着寝室门跪在地上打开箱子的，突然我发现自己被阴影罩住，一转身，李美站在我身后。也许她一直跟着我，由于我太紧张，居然没有发现她。李美没有说话，只是用那种平静的眼神望着我，她这个样子比任何时候都像一个大人。

"昨天，我在你的衣服里摸到一个东西。"我鼓起勇气说。

"你为啥子要翻我的东西？"她的口气逼人。

我一时不知该如何回答，咬了咬牙，把脸转向窗户说："那串项链，你应该还回去。"

"你乱说，"她快速回应了我，过了一会儿，她又重复，"你乱说。"

在一定程度上，我确实在乱说，我并没有亲眼见到那串项链，也没有见到高二女生丢失的那串项链。那个时候，偷窃是非常严重的行为，你可以打架，甚至可以抢别人东西，但偷东西就是令人不齿的。面对我的怀疑，李美的反应比我以为的要温和些，但事情的复杂程度超过了我的承受力，我一屁股坐在地上，把头埋在膝盖里哭起来。

现在，也许过了五分钟，李美一声不响，蹲下来从箱子里取出她所有的东西，包括那条裙子在内的几件衣服，两本书和布袋子，然后从她裤包里掏出了箱子钥匙。她把钥匙扔在我面前的地上就离开了。

我就这么埋着头继续哭，不知道哭了多久，一阵上课铃声把我从悲伤里拽了出来。我拖着身子往教学楼走，迟到了。早晨空旷的教室走廊，短暂的平静，我的脚步声轻得不能再轻，教室里偶尔有桌子和椅子摩擦地面的声音传出来，一个短暂的哨音回荡，一阵风从远处吹来，又吹走了。

来到教室，语文课，常老师站在讲台上示意我进门，李美低着头坐在座位上，没有抬头看我。

整堂课我都在想我和李美的关系，我后悔跟她提起那串项链，既然项链不在箱子里了，那一切就不在我可以控制的范围了。李美进寝室的时候，我应该装作只是在找自己的东西，装作什么也没有发生，那么不管李美是不是小偷，我们都还可以做朋友。她那么聪明，一定可以处理好这件事的。虽然当时的我不能接受偷窃行为，但如果李美是小偷，我是可以原谅她的，她做什么事我都可以原谅。

我想不清楚一会儿下课之后我如何面对身后的李美。小维坐我旁边，我也不知道应该怎么与她解释我和李美之间发生的事，她迟早会发现我们的关系不一样了。

这堂课一直上下去多好，但今天的时间过得特别快。下课铃响了，行完下课礼，常老师走到我身边叫我跟她一起去办公室。

不用马上面对李美让我获得短暂的放松，但这放松并没有维持多久。还是像上次那样的方式，常老师坐在我90度的位置，示意我也坐下。这一次她在坐下来的同时就提到了李美。

"米小易，昨晚寝室里发生的事，也包括今天早晨的事，希望你不要对外面讲。"

我不知该怎么回答。

"事情会处理得很好，你是李美的好朋友，我们给李美一个机会，她很不容易。"

常老师微微歪着头望着我，两只手放在大腿上来回揉搓，她沉沉地吸了一口气又慢慢吐出来，期待我给出她满意的回答。我还是不知道应该怎么回答，我只是茫然地望着常老师，有时候我的眼神飘移到常老师身后的玻璃窗上，玻璃窗破了一块，上面结了蜘蛛网，风吹得一只蜘蛛摇摇晃晃。这么安静了一会儿，我试图说点什么，但我一张嘴，寝室里没流完的眼泪这时候又不争气地流了下来。我赶紧把嘴巴闭上了。

"就是说，不管发生过什么，你看到了什么，你都不要随意跟别人说，好不好？"

我说，好。同时，我隐约感觉到当我跪在女生寝室木地板上埋头哭泣时，事情已经按李美的意志往某个方向发展了。

回教室的路上，我先碰到的是小维，她冲到我面前说，常老师找你去是关于昨天晚上的事吧？上课之前她先找了李美，接着是我，我就猜到她下课会找你。

我还没问小维，常老师跟她聊了什么，她就主动说起来：

"常老师说项链和钱已经找到了，希望我们不要在班里谈这件事。她跟李美也这么说，是不是也这么跟你说的？"

"嗯。"

"你觉得会是哪个干的呢？我猜是那个女生身边的朋友，就她们一个班的。"

"常老师说了，不要谈这件事。"

小维脸上浮现出一丝困惑和不甘，她说，我们之间都不谈了啊？我没回答，她又说，你不谈算了，我去找李美谈。对话就这么结束了。

离上课时间还有几分钟，教室里李美和几个女生站在讲台附近的窗户下说话。她的话没有平常多，但似乎在认真参与谈话，我看她的时候，她正在对一个女生的话表示同意。看见我和小维走进教室，她并没有给予特别的关注。小维走了过去，在她身边停下来。我一个人走回座位。

那个丢失项链的女生中午在寝室宣布，钱和项链都回到了她身边，至于具体是怎么回来的，她没有细说。她只说钱和项链都是老师给她的，老师说了，让她不要再说这件事。她说这些的时候，李美时不时盯着我看，我感觉她的眼神里有强烈的不信任。好几个女生表达了惊讶，也有人说，东西回来了就好，大家以后还是把贵重的东西放好些。有个女生还顺带提到了我，她是这样说的：

"我准备周末回家也带一个箱子来，像米小易那样，上个锁。"

我心里一紧。当时我坐在床沿上，我把身子缩进二楼床板投下的阴影里，希望没人看见我涨红的脸。我也不敢再看李美此时的反应。

· **20** ·

　　小维有两次在我们面前谈论过失窃事件，但我和李美都不接这个话题。在这一点上，我和李美有很大的默契，总有一个人能找到别的内容岔开小维。一开始我和李美很小心地维护着什么，后来我渐渐感觉到我们之间的一些变化，那种你很难用具体事件去描述的，微弱的变化。比如，我们再也不会手拉手一起上厕所了。这让我不安。后来，这种变化很快就蔓延到了我们三个人的小团体。

这天早晨，我从厕所出来回到寝室，看见小维和李美已经收拾好书包准备去教室了，我说，你们等我一下。但她俩一边说好，一边就出了寝室。我不得不三两下整理好东西追上她们。半路上，我胡乱放进书包的一本练习册掉在了地上，在我蹲下去捡的时候，她俩加快了脚步，我只能走在后面，一个人进入教室。

这堂课是自习，小维在我身边坐下来打开书本，我像往常一样，随手在她的文具盒里拿了一支铅笔。以往这样的时候，她总会瞪我一眼，瘪着嘴巴哼一声，但今天她什么也没说，只是埋着头继续看她的书。

下课了，李美很快和一帮女生跑出去了，这倒没什么，她以往也这样，她有很多朋友。我做好了充分准备，跟小维一起出教室，但小维加快速度跑在我的前面离开了。站在走廊上，我不知道该去哪里，又转身回到教室。

教室的角落，几个女生正围在一起谈论着什么，我感觉自己有必要加入她们。看见我，她们突然停止了谈话，短暂的沉默之后，她们开始讨论昨天语文课上的一篇文章，但用那种很小的音量，很显然并不欢迎我的参与。我跟自己说，这很正常，我平常本来也很少参加她们的谈话。

阳光还没有照进一楼的窗户，我回到自己的座位上，觉得有些冷，但也不知道应该往哪里去，只好坐在原地等上课铃声再次响起。小维从厕所回来加入了那帮女生。

中午我们三个人还是一起去了食堂，我心里怀着感激和委屈跟在她们身边，三个人都很沉默。这时凤凰树上的一只虫子掉在我肩膀上，我吓得叫了一声，她俩没有任何反应。

自那天起，事情变得越来越糟糕。李美还像过去一样，喜欢跟高年级的学生一起玩，但现在她总会带上小维。有时一整天小维都不跟我说一句话，在我想要靠近她时，她总会转身离开。

一个晚自习，我鼓起勇气给小维传了张纸条，上面写了几个字：你在生我的气吗，怎么了？她倒是回得很快，但她在那张小纸条的下方只写了两个字：没有。这比我预想的还要糟糕。这两个字意味着拒绝沟通，我被排除在什么之外了。我再没勇气按事先想好的，给李美写同样的纸条了。我想找个合适的时机同李美当面谈谈，但是从来没有这样的机会，李美在避免和我单独相处。

体育课上，老师要求同学们五人一组进行接力赛，我走向李美和小维，但她俩早已和另外三个女生拉成了一个圆圈，我不得不找别人。我四处搜寻，所有的女生都拉好了属于自己的小圈，老师把我安排在四个男生那一组。四个男生忍住笑把头扭向一边，那些女生互相传递眼神，她们在试图笑，并忍住笑。我走向四个男生，站在他们中间，把脸转向别人看不到的方向。

我发现我自此变成了被全世界遗忘，同时又总能在一些时刻被突然看见的那一个。

在接力赛上与我传递接力棒的一个男生，我摔倒的时候他拉了我一把，我以为这件事没什么大不了，但后来事情往意想不到的方向发展了。

事情是这样的，那个男生坐第三排，有一天他跟常老师说，他的眼睛近视，越来越看不清黑板，希望可以调到第一排坐。常老师希望坐第一排的我跟他换位置，我刚站起来，全班就骚动起来，有两个男生开始"哦——"，更多的同学响应，"哦——哦——"。这样的呼声此起彼伏，然后大家都哄笑起来。常老师拿着黑板擦敲了敲桌子，大家的嘘声慢慢平息，但大家在低头悄悄传递着某种氛围。我低着头走到第三排坐下。

从此我希望下课铃声永远不要响起。

教室里那种奇怪的氛围很快就蔓延到了寝室。不管如何，在教学楼还可以因为坐在教室里上课，暂时忘记自己需要朋友。在那间16个人挤在一起的小屋子里，我不得不随时遭遇那些微妙而复杂的眼神。

有个女孩坐在床上看书，我整理桌子的时候，不小心饭盒往她的地盘放了，她眼睛不离开书本，随手把饭盒扔回我的位置。有些人看到了，带着暧昧不明的笑容。

晚饭时间，另一个女孩拿出一罐泡菜，往坐在床沿上的每个人碗里舀，到了我这儿，她迟疑了一下，飞速完成舀的动作，没有留一点时间给我说谢谢，转身离去。寝室里突然安静下来，所有人在默默咀嚼食物，这状况持续了大概一分钟，突然有个人咳嗽了一声，另一个人又咳嗽一声，随即有人在笑，有几个人互相传递眼神，很快所有人都笑了起来。

某个时候，我走路不小心撞到谁，连忙说对不起，对方毫无反应。我又说：严重不？对方很不情愿地吐出三个字，没关系。不用看我都知道，又有人在交换眼神。

诸如此类，小小的"事件"，每天随时在发生，只要我是一个有感觉的人，就不可能假装一切正常。我试图结交新朋友，但好像所有的门和窗户都在我面前关闭了。有时候我感觉到某个女生在走廊、教室或者寝室跟另一个女生说悄悄话，她们笑着说，而且望着我说。或者她们开玩笑的时候会顺便看我一眼，这一眼会让我整天都不安。

暧昧不明，暧昧不明，所有的微笑、动作、眼神都暧昧不明。这背后是轻微的，但杀伤力巨大的恶意，像一根滚烫的针，刺进心脏。

· 21 ·

　　我开始觉得自己很糟糕。个子矮和瘦是一定的，加上从小在海拔更高的黑山长大，太阳直射下，我皮肤黑而粗糙。最近脸上开始长痘痘，额头上布满了，刘海再多也遮不住。没人的时候，我拿起小圆镜挤痘痘，痘痘越挤越多，后来下巴上也开始长了，我找一根缝衣服的针戳它们。现在我的脸仿佛永远洗不干净，我对着镜子哭，看着自己变成全校最难看的女生。当我这么想的时候，那些眼神和说不清来路的嗤笑都自动变成了对我外貌的攻击。

我和小维、李美当然离得更远了。因为不再和小维同桌，所有事情都变得很自然：我们不再一起去食堂或者厕所，回到寝室都各做各的事，到了周末小维回家，李美跟一帮高年级男生女生在县城里游荡。李美最近还认识了更多没上学的朋友，总有社会上的人在校门口等她放学。

李美在班里一直有众多朋友，现在甚至更多了。小维跟李美在一起的时间也比过去多了。我生活的世界就这么变成了两个世界：我一个人的世界，他们的世界。

只有在夜晚，当李美在梦里挣扎的时候，我感觉到她还需要我，我还是会像往常那样拍拍她的肩膀。只有在那样的时刻，我总算可以短暂拥有一个"我们的世界"。也是在那段时间，李美的挣扎越来越频繁，事情变得很不可理解：她在白天有多明媚，在夜晚就会有多么需要我伸出手去，在她的肩膀上轻轻拍几下。

然而白天更加漫长。过去我就不敢在课堂上发言，现在更不敢了。我害怕站起来被全班人看见，我害怕跟别人不一样，我希望所有人都把我忘了。我的成绩一路下滑，直到再一次被常老师叫到办公室。

这一次的主题是我，这一次常老师只是坐在她的办公桌后面，我站着。她翻看了我最近一次语文考试的试卷，叹了口气，抬头问我：米小易你最近怎么回事？我低下头什么也没说。

"米小易，你不能让别的事情分心，成绩是第一位的，那天换座位我就发现，你最近有点问题。"

我又一次满脸通红，全身透凉。我发现自那次失窃事件之后，我渐渐产生了一种应激反应：只要别人指出我有问题，我就会满脸通红，全身透凉。

即使没人指出，我也变得异常敏感，我总忍不住去想，这是，或者应该是我的问题。总之，当时的我还能说什么呢？面对常老师的"发现"，无论我怎么说，我想我的身体表达出来的东西都在表明，常老师的发现是对的。我的身体在说是的，是我错了。

但我还是试图做最后的努力，我红着脸说，常老师，我没有。

"那你每天都在忙什么？"

我紧咬下嘴唇，努力控制自己的身体不颤抖。我每天在忙些什么？

我在应对在教室和宿舍里随时可能出现的可怕的东西，那种氛围。而常老师和其他老师，所有的大人，他们和我们处在同一空间，却根本看不见，也感受不到那种可怕的氛围。如果有谁走到我面前打我一顿，他们可能会看得见，那么我不用做任何解释，常老师也会知道发生了什么。但是现在，我什么也不能说，因为看起来确实什么也没发生。我应该怎么跟她讲我遭遇的一切呢？我不知道。我也想不明白事情怎么会走到今天这个地步。现在，连常老师也变成了"他们的世界"。我带着屈辱低头走出常老师办公室。

这之后，我把所有能用上的剩余的力气都用在了努力提高成绩上，我担心自己会变成倒数第一，这会让我又一次变得和大家不一样。理解那种感觉吗？你所有的努力根本不是为了脱颖而出，只是为了让自己变成茫茫人海默默度日的那一个。你害怕被看见。

每一天，每一堂课的下课铃声都是煎熬，总要忍不住倒计时，5分钟，4分钟，60秒，你一个人面对世界的那一刻又来了。所有人都笑逐颜开，走在自己的轨道上，只有你一个人，你假装很忙，收拾文具，检查作业，努力证明自己一切正常，然后用余光看着她们结伴离去。她们和世界都是完整的，与我无关。我也比过去更渴望黑夜的到来。晚上十点钟，熄灯铃一响，宿舍自动断电，我早已躺在床上等着这一刻。黑夜包裹着我，这一天终于结束，然而白天就在不远处。我知道我会在焦虑中入睡，绝望中醒来。

现在只有我一个人爬上灵关山了。我再也不想坐在马尾松下的石板上，我只是用力往山顶爬，越爬越快，只有很多汗水从身体里冒出来我才觉得好受些。上了山顶，我又迅速原路返回，一路小跑下山。山区里的风呼啦啦吹，马尾松林间的茅草长得比我还高，我的个子也让我焦虑，现在班上的女生里，只有两个比我矮了，要是我变成最矮的那个，我又会与大家不一样。

有时候我也会找处草地坐下来，把身体藏在茅草里，抬头看茅草被风吹成一浪又一浪。时间很晚了，但我不想离开这里。只有在这片茫茫的自然里，我才能获得片刻的喘息，夕阳把山下的县城照成一片金色，安宁河水也比平常更晃眼。

有时候往山下望，我内心也会对这座山区小城充满了感激，我知道它一直是我第一次见到的样子，它不会再变，它只是在不久的将来会突然被大水淹没。这样多好啊，不像我正在经历的事情，总是慢慢发生，痛苦那么缓慢，时间被拉长得望不到尽头。

即使现在回忆起来，那也是我一生中最漫长的两个月。

· 22 ·

接下来是一段笔直且平缓的公路，公路上没有车，近处山坡有牛羊在吃草，天空中飘浮的云朵跟着车子移动，这景象平和而亲切，把我从十几年前的屈辱里暂时打捞出来。但也只是暂时，原因在于，结束这屈辱的，是一件超出我承受力的事。

我永远失去了李美。

两个月后，我清楚记得是一堂数学课，老师正在讲一道几何题，李美给我传来一张纸条。她约我放学后去灵关山。"下午五点，第五棵马尾松下的大石板"，这是纸条的全部内容。

那时候如果你收到一张纸条，有人约你在某个地方见面，通常意味着即将发生一件严重的事。有些女生的小团体很擅长做这样的事，她们会质问被约见的女生，为什么做出某一件事，或者要她承认一件事。总之，被约见并不表示你被对方接纳，相反，你从此被永远放在了对立面。

我绵延了两个月的九分绝望，一下子变成了十分。将那张纸条捏成一团揣进衣兜的时候，我想到了死。如果死了，就不用面对那个世界了，但我不知道应该如何去死。跳进河水也许好些，但安宁河水流平缓，我又会游泳，不一定死得了。而且就算死了，尸体会被打捞上岸吧。一想到我死后，尸体随意扔在一个地方被很多人围观，衣冠不整，头发可能很乱，而我动不了，做不了任何事情，就觉得难为情。

我最终还是决定去赴约。纸条的传递意味着事态的进一步发展，不管如何，我应该去面对这种变化。我跟自己说，不会有被全世界孤立更糟糕的事了，我已经在深渊里待了那么久。

下午五点，我走向灵关山。穿过一片荒草丛，路过一棵又一棵松树，第五棵松树出现在视线里，李美双手抱着膝盖坐在大石板上。

只有她一个人，我原先以为的一个团体并没有出现。看见我，李美从石板上跳下来，她今天穿着那条腈纶格子裙，风从山下吹上来，格子裙紧贴在她的小腿上，她脸色苍白，双臂抱在胸前，两只手交叉捏紧了肩头。我也忍不住拢了拢衣服，傍晚确实比白天更冷。

"米小易，我要转学了。我妈明天来接我。"

她说这句话的时候，语气轻快。尽管如此，她的表情却让我感到不安。果然，她双手开始有轻微的颤抖，她的下嘴唇也在颤抖，她在努力控制住这颤抖。我望着她，期待她说出更多的话，告诉我为什么要转学。然而她没有继续这个话题。她突然说，谢谢你让我和你一起用箱子。

这时她哭起来，两行泪水从她僵硬的脸上往下落。她说，我一点也不想转学，我不想回家，我不想和他们在一起。她还说了很多谢谢我的话，到最后，她哭得差不多了，太阳也落山了，她约我和她一起去隧道。

"穿过山那边的隧道，到了另一边的隧道口就可以许愿，所有许过的愿都会实现。"她这么说。

我跟她说，我不会去。这句话说出口，我自己也吃了一惊，印象中我还从来没拒绝过李美的任何请求。我的身子不自觉地往后退，脸上的肌肉抽动着，好像就要号啕大哭起来。但是我马上咬紧牙关，不让眼泪流下来。从她谢谢我做的一切里，我已经明白，只要她转学离开，我经历的黑暗就会慢慢消失。我很快就可以从深渊里爬出来了，这是我那时最大的愿望，我不需要再穿过隧道许那些永远不能实现的愿望。

我试图平复情绪，努力控制自己的声音，我跟她说，你有那么多的朋友，你不缺我一个，你可以叫上任何一个跟你一起去隧道，小维，班上的任何女生，高中部你们那个团体的女生，你在学校外面结交的那些朋友，甚至，我说，你叫上大春啊，他家就是铁路的。说完我转身跑开了，这时她在我身后哭着说，米小易，我还要谢谢你帮我保守秘密，谢谢你不喜欢大春。

我停了下来，眼泪开始顺着我的脸颊往下流，但我没有转身看她一眼。她继续说，走啊米小易，我们一起去隧道。我最终还是离开了。

　　如今想来，我不想和她一起穿越隧道，还因为她那天一直在跟我说谢谢，但她一句对不起都没有。她还是那个骄傲的李美，我多么想原谅她对我做的一切，但她只说谢谢，不说对不起。

· 23 ·

　　成昆铁路一共有隧道427条，李美试图穿过的那条全长5公里，山的这一边是县城，穿过去就是大峡谷。据说那边的隧道口有几棵高大的木棉，站在木棉下可以看到金沙江，那是比安宁河更大更急的一条河，它最终汇入长江。不知道李美看到金沙江没有。

　　一周前，我问奶奶要了我妈的联系方式，在一个明晃晃的白天鼓起勇气走向县城邮局。电话通了，我跟那边报出我妈的名字，我说我是她女儿，有重要的事找她。那边的人说你等一下，接着是咚咚咚的跑步声，有人在大喊我妈的名字，过了很久，一个陌生女人的声音拿起电话说你好。我跟她说，我是米小易，我们寝室死人了，请你带我离开这儿，你不带我走我也要死。我那么平静地说到死，一定把我妈吓坏了，她很快就回到县城帮我办理转学。

那个箱子我至今还保留着，它就躺在我卧室的床底下。我现在几乎不用它，它一直空着。几年前，上一家公司需要为一家房地产企业拍一组怀旧风格的照片，当时的丈夫肖原还翻出箱子拿去当了道具。拍完照片它又回到了床底下。这么多年，它跟着我到过很多地方，上高中，读大学，工作，它都跟着我。不管是住在宿舍里，还是后来租房子，换不同的城市和单位，搬进结婚后的房子，到现在又是一个人租住的房子，它永远在我的床底下，和当初在县城上中学时一样。每到一个新的地方，箱子放在地上，顺脚一推，箱子就滑了进去。

　　我当然还记得我离开县城的时候，箱子里装满了我全部的家当。我妈提起箱子走在我前面，她的身子微微向前倾，几天的奔波让她疲惫不堪，她一边走一边说，妈哟，这个箱子确实能装东西，好重。过一会儿，她转身对着我喊，米小易，你走快点啊，我们快赶不上火车了。那时候我妈也穿着一条腈纶面料的裙子，比李美那条更明亮。那是我第一次去铁路，第一次坐火车。我们这一站上车的人很少，加上我和我妈只有五个人，但是火车里特别挤，到处都是人，坐着站着躺着的都有。我们没有座位，在两节车厢的连接处，我妈找到了一个空位。她把皮箱子往那个空处扔，把我拽过去往箱子上扔，我就这么坐在了箱子上，眼睛只能看见我妈明亮的腈纶面料裙子的下摆。

　　随着一阵鸣笛，火车启动了，很快就眼前一黑，我意识到火车正在经过那条长长的隧道。我忘记了许愿。我眼前出现的还是那个画面：常老师站在教室门口，一手扶着门框，一手擦去脸上的汗水和泪水，对着全班同学说，李美走了，她一个人去了铁路上的隧道，她走了。她在我们的惊愕中停顿了一会儿，深吸一口气，瞪着眼睛看着大家说，你们谁也不许再往铁路跑。

离开老县城的头一天，又是个吹大风的下午，我从我妈住的旅馆走回学校，在县城街道上穿梭的时候，大春从后面追了上来。他没有跟我打招呼，而是站在我身边和我保持同样的速度往前走。县城街道边的店铺正在关门，木板门一块一块拼上门框，夕阳在石板路面投下暖色的反光，人越来越稀少，偶尔有猫啊狗的蹿出来。我们穿过这些，往位于高处的学校走。有一会儿他想对我说点什么，他就要对我说点什么，我感到害怕，怕他说出我难以面对的话来。我也担心他走着走着就离开了，希望他默默陪在自己身边，就这么往前走。我们越走越快，风也越吹越大。

我们走进校门了，在前方，操场后面的杉树林里有几只鸟在叫，我感觉到有一种温暖的情谊像毯子一样裹着自己。几乎是小跑到那几棵杉树下，我喘着气蹲了下来，因为再往前走我就要进宿舍了。这时候，大春站在我对面，歪着头对着空气说，你也要走了，走嘛，再也不要回到这个鬼地方。

当时我的眼睛一定睁得又大又圆，我嘴唇哆嗦，想说什么，但什么也没有说出来。他又说，米小易，你这两天千万不要去钻那个隧道。

我说我不去，说完我就跑回了宿舍。我们那时候也就十四五岁，有太多事情搞不明白，更不知道应该怎么表达。我知道大春没能说出他想说的话，我也没有。

· **24** ·

　　我的车就要靠近老县城了，大峡谷也走到尽头。一段上坡路之后，眼前所见慢慢开阔起来，山势变矮，金沙江水朝我相反的方向奔涌。再往前开，视线内出现一片白色建筑，就在前方的山坳里，白色建筑周边还裸露着大面积的红土，几辆工程车正在红土上奋力工作。不用说，这里是新县城，准确说只是新县城的一个角落。那些建筑很白，很亮，在刚翻出来的红土映衬下，发出刺眼的光芒。我发现，那堆白色建筑所在的位置，就是当年我们坐在灵关山上看到的小村落，那个我们的秘密小游戏无限展开的村落。李美是对的，这块地方不会被淹没。

不会错，那一堆灰白岩石构成的缓坡还是当年的样子，只不过现在，岩石的尽头变成了白色建筑。当年的酒厂，院子，木棉树，以及开出少见的颜色的三角梅都不见了。

我猛然意识到，自我当年转学起，我的人生若说有什么明显的不一样，就是我再也不会玩儿那个秘密小游戏了。跟着提着箱子的我妈往前走，走向火车站的那天，我在一瞬间就长成了一个大人。

就在白色建筑渐渐靠近我的时候，手机响了，陌生的号码。是个女声，女声用试探的语气问：请问你是米小易吗？

"我是。"

"我是小维。"

　　小维说，大春给她打电话说我回来了。她约我一起吃晚饭。我们约好晚上在县城中学外的一家餐馆。"就是当年卖包子那个地方，实惠餐厅，你找得到吧？"我说我能找到。挂完电话白色建筑就远去了。

　　几分钟后电话又响了一次，还是小维，还是那种试探的语气：

　　"对了小易，你回来是不是想来学校看看？我在这儿教书，我在校门口等你吧，看完学校我们再去吃饭。"

　　我说好的，谢谢你，小维。

· 25 ·

　　车子正在下坡，不知从什么时候开始，安宁河已经在我的左面静静流淌了。安宁河是金沙江的支流，河水却缓慢，河道也比金沙江宽阔。河滩上是一片整齐排列的大棚，看不到劳作的人们，也看不到棚内是不是还种着莲花白。公路边渐渐出现人家，房屋破败，有些建筑摇摇欲坠，作为行道树的木棉和小叶榕似乎比当年矮了许多。在我意识到这一带也即将被淹没的时候，我放慢车速，摇下车窗，一股热风扑面而来。风里夹杂着灰尘，我的过敏性鼻炎很快做出反应，一个响亮的喷嚏。

窗外传来一连串的喇叭声，大货车和小汽车不时从对面飞速而来，绝尘而去。间或有几辆摩托车从后面一阵轰鸣，然后远远地把我抛在后面。前方是老县城了，暮色中一个躁动的世界。

路边有个胖胖的小男孩一只手举着一块牌子，另一只手朝我的车奋力挥舞，我慢慢靠近他停下车。他十来岁的样子，圆圆的脑袋，脸上沾满了灰，穿一双比他的脚大很多的拖鞋，他把头探进我的车窗：

"带路带路，去看县城最老的房子，南城老桥，大桥头照相馆，烈士陵园，电影院和北街手工铜锅店。"

这时我才看清他举起的牌子上歪歪扭扭写着"带路10元"。我说我不需要带路，不过想知道县城中学什么时候才搬。

"没搬，学校都没搬，我姐姐就在中学读书，现在还没放学呢。"他说完熟练地吸溜了一下就要掉进我车里的鼻涕。他有点答非所问，我也才意识到问这个问题是为难他了。

"这么说，很多单位都没搬？"

"没搬没搬，但是很快就要搬了，再不看就看不到喽。"

后面又来车了，小男孩不再理我，他用手在鼻子上一抹，再次举起那块牌子，高喊着"带路，带路"。

· 26 ·

　　我又启动了车子。此刻是下午四点半，公路两旁的树变得稀少，渐渐有了行人和店面，修电脑的，卖化肥的，挂着羊骨架卖羊肉粉的，一些地段开阔处有人围坐着打桥牌。所有的建筑都像蒙着一层黑灰，倒是人们身上的衣服鲜艳夺目。很快我就到了县城最大的十字路口，往右拐上坡就是学校。十字路口也比我印象中小了很多。对面那个当年的百货大楼还在，只是现在一楼变成了一家很大的美发厅，名字让人印象深刻，一块木板上手写三个蓝色大字——"空了吹"。

右拐上坡，一个人影在校门口站着，是小维。她比过去瘦了些，头发烫成齐肩小波浪，穿一件黑色小西服搭配蓝色九分裤，手里拿着一个卷起来的皮包。她看见了我的车，朝门卫那边说了些什么，大门就打开了。她跳上我的车，哎呀小易，你终于回来了，她说。我刚想说点什么，她的手机铃声响起，她有些顾虑地看了看我，我努嘴示意她自便。她看了看对方的号码就接了起来。我们就这么进了学校。

听小维打电话我大概猜出，她现在是县城中学高中部的数学老师，似乎还担任了什么管理职务，电话那头的内容和教学安排有关。小维在这头时不时回答：是，好的，我知道，没问题，可以，等等看，没关系，你用不着担心，我会处理好，不怕，不会，那也行。她一边回答，一边用手势指挥我车子往哪里开，同时给我一个无可奈何的表情。我按照她的意思把车子停在了操场不远处的一片空地，等停下来我才意识到，这块空地是我们当年的宿舍楼。

空地凹凸不平，停车的地方相对平整，泥土裸露在外，靠边的地方有积水，边缘长出一丛一丛的杂草。杂草旁有个比杂草还高些的垃圾堆，是些被无数人在不同时间扔下的塑料盒，旧木块，垃圾袋，啤酒瓶，甚至还有一辆破烂到只有一个轮子的自行车。从这个位置能看到当年的操场、食堂和教学楼，我发现通往食堂的那两排凤凰树没有了。

等小维挂了电话，我已经站在空地上很久了。她从车上下来，很抱歉地朝我笑了笑。她说，真不好意思小易，临近期末了，学校事情多。她伸出双手抱我，我也抱了抱她。我想象中可能出现的场景和感觉都没出现，都被她的这个电话很轻易地消解了。没有深情和因为深情带来的尴尬，我乐于这样。

我问小维：学生们现在住在哪儿呢？她说，教学楼后面那片教师宿舍现在是学生在住了，大部分老师都搬进了新县城。她还说，老宿舍因为有很大的安全隐患，停用了半年了，不过三个月前才拆除。我记得当年在校的时候，大家就在说宿舍有隐患，我感叹了一句，没想到又用了这么多年。小维说，是啊，谁能想到，修修补补坚持了这么多年。

我问：那学校为什么还不搬呢？小维说，新的学校还没搞好，修建上出了些问题，而且很多走读学生的家在老县城，也都没搬，老师们也不愿意搬。虽然大部分老师的家在新县城，但每天统一坐车来旧县城上班不算远，而且在旧县城买个菜什么的也方便。

小维说完这些，突然转换了一种语气，她的声音也变得低沉。她说，这些年我们一直在等着搬，时间一次又一次往后推，时间久了，大家都习惯这种暂时的生活了。反正谁也不知道老县城什么时候才会变成水库。

我们继续聊了聊与学校有关的话题，给对方简单说了说自己现在的状况，两个人努力维持着表面的热闹。最终不可避免地，在走向教学楼的路上我们谈起了李美。

"你还记得不，小易，我们三个人穿裙子那一次。"

"记得啊，你当时一个人先跑进教室了。"

"哈，这我倒不记得了，就记得穿裙子很开心，那天以后很多人都和我们一样穿起了裙子。要不是李美，我俩怎么可能做这样的事。"

我俩都沉默了一会儿，小维带着我往前走，她提议到教学楼看看，再去她办公室。走到教学楼前那段台阶的时候，小维又说话了：

"李美大我们一岁吧，她在市里读了一年初中才转到我们班的。"

"应该是这样的。"

"她什么都好，成绩好，人也长得好看。"

"是的，是这样的。"

"要是她还在——"

小维没有继续说下去，她叹了一口气，换了个话题。

"小易，大春跟我说你回来了，我都有点不敢相信，我以为你再也不会回来了。"

"我看到报纸上说，老县城要拆除了，觉得应该回来看一眼。"然后我想起了什么，我问她，"你从哪里找到我电话的？"

"大春给我的呀。"

"他怎么会有我电话？"

"我不知道，我以为你们一直有联系呢。"

· **27** ·

　　我想问问她大春的情况，正在考虑怎么问，她电话又响了，这次是个家长打来的，她望着我叹口气，走到一边接电话去了。接完电话再回到我身边，她的脸上多了几分沮丧，说有个高中部的学生准备退学，成绩还挺好，家里条件也不算差，真不知父母是怎么想的。我意识到刚才我们之间那种谈话的氛围消失了，我更不知道怎么在她面前突然提起大春。天空渐渐变得灰暗，西边出现一团浓重的乌云，风吹起来，越吹越大，她拉起我进了昏暗的教学楼。

走廊两边的教室里还在上着课，我认出属于我们当年的那间，透过窗户往里望，能看到角落里的几张课桌，学生们都低着头。我有点恍惚，好像李美和我，还有小维都还坐在里面，等下课铃声响起。我觉得有点不舒服，胸口闷得慌，呼吸被什么东西压着，不顺畅。我提议离开教学楼，小维同意了。

出教学楼就下雨了，我们来到隔壁办公楼，小维的办公室在一楼第二间。办公室里有张破旧的单人沙发，她示意我坐下，同时给我倒来一杯水。我把沙发挪到靠窗的位置，看雨水落在外面的杉树上。

"是不是都还和当年一样？学校越来越破，但反正我们就快搬走了。"小维坐在不远处，一边整理一堆资料一边说。

"到底什么时候搬呢？"

"半年前听说半年后搬，现在到了搬的时间，又说还要等半年。不过这种事也不是第一次发生了，可能半年后又是半年。"过一会儿，她又加了一句，"但也可能哪天说搬就搬了。"

"那个电站还没修好吗？"

"好像是遇到些问题，对了，你还记得那个回学校来演讲的校友吗？"

"当然记得啊，他怎么啦？"

"听说他移民了。"

我发现我和小维的谈话总是很难往一个方向深入下去。可能是那么些年过去了，我们完全活在不同的世界；也可能，我们的关系一直笼罩在李美的阴影中。雨越下越大，风吹进来感觉有些冷，小维给我找来一条大围巾就出门了。她还有个会，她说，小易你奔波了一天也累，你就坐在这儿休息，等我开完会我们再离开学校。

我突然想起了常老师，我问走到门口的小维，常老师还在学校吧?

"她呀,你离开这里的第二年她就调走了,去了教育局,现在都当副局长啦。"

小维的声音和人一起消失在雨幕中。天色越来越暗,雨水打在不知窗外哪一片铁皮屋顶上,响声大得出奇。我裹上大围巾,侧身把头枕在沙发靠背上。这样我的视线正好与办公桌上一个透明茶杯相遇,茶杯里有深深的茶垢,旁边还有半包烟。我盯着茶杯和半包烟,看着看着,它们都好像被窗外的雨水打湿了。

我终于听见了下课铃声,接着是涌动的人潮,学生们冲出教学楼,背着书包拿着饭盒冲向食堂。李美跑在最前面,她穿着那条连衣裙,雨水打在连衣裙上,她把饭盒举在头顶挡雨,一边跑一边转身对着我和小维大吼,你们搞快点啊,去晚了打不到油渣莲花白。她说完这些就在不远处的台阶上站定,用那种恨铁不成钢的表情瞪着我们，我和小维并没有加快脚步，而是嬉笑着慢慢往前走，她急得直跺脚，一咬牙往我们的方向跑了回来。我们三个人这才肩膀挨着肩膀往食堂走去。雨越下越大，我们的笑声也越来越模糊。

· **28** ·

不知过去多久，我在雨声中醒来，小维正坐在对面望着我。此刻的她跟我睡过去之前忙着开会的她有点不同。她的身子瘫软在座位上，出神的样子，好像很疲惫。她旁边的桌子上亮起一盏台灯，窗外是一片漆黑。

看见我醒了，小维的身子又坐直起来。她说，米小易你睡得好哦，现在都九点了，实惠餐厅早下班了，你跟我去我家吧。

"你家还是你爸妈家？"

"我家，我跟家里人打了电话，他做饭等我们。"

"那不去了，你陪我找个旅馆吧。"

"你不想去我家，我们也可以去我爸妈的家。你去过的啊，就在老县城，那一排红砖房还在呢。"

"不，我不想去。"

好吧，小维说，校门口有家烧烤摊，我们先去吃点烧烤，再回来开车带你去旅馆。

坐在烧烤摊低矮的凳子上，客人不多，看装扮也像外地来的。雨不知在什么时候停了，老板帮我们收起户外伞。乌云渐渐散去，月光从树影里洒下来。老县城里最有名的烧烤是"网烧"，火盆上放一块圆形网状铁丝，食物就铺在上面，小肠，南瓜，排骨，茄子，也有外地运来的鱿鱼和大虾。出乎意料地，我消失了很久的，对食物原始的欲望被铁丝网上的烤物激发了出来，吃了很多。

刚坐下时小维叫来几瓶啤酒，她先给我倒了一杯，想了想又给自己也倒了一杯。"我们正在准备要孩子，但是今天不管了。"她说。说完她一口喝掉了一杯。

"结婚几年了？"

"五年了。你见过他，大春他们班上的，不过那会儿他很平常，现在也很平常，但是对我挺好的。我们总要不上孩子，去医院检查又什么问题都没有。再要不上我们都想离婚了。"

"你那么想要孩子啊？"

"啊，"她顿了顿，"你不觉得吗小易，生一个小孩，最好是个女孩，按自己的想法养育她，认认真真养大她，等于自己又活了一次。"

她又喝掉一杯啤酒，把杯子往桌子上狠狠地放。

"不留遗憾，再活一次。"她说。

她说这些的时候，一只手肘撑在膝盖上，手掌撑开托着下巴，眼睛里散发出热切的光，这是从见到她第一眼到现在，她最动人的时候。我也禁不住被她打动了。是啊，我说，认认真真养大一个孩子，修正那些自己在成长里遇到的问题，听起来多么好。

小维问我：离开这里之后你一定又有很多好朋友吧？我说，是有过一些，但是像当年我们那样亲密的几乎没有啦。小维说，不会吧，你那么好相处。

我说是吗，我好相处吗，谄媚型人格呗，总想讨好别人，总怕别人不喜欢自己。而且也不知怎么回事，离开一个地方就会跟那个地方的人断了联系，就像当年离开这里一样。说起来好笑，我总是寄很大的希望在变换地方，好像只要看不见过去认识的人，一切就可以从头开始。哎，这感觉和你想认真养大一个孩子差不多吧，就是想要新的开始，从头再来。当然了，小维，我这种和你想要孩子又完全不一样，你比我勇敢多啦，我可不敢要孩子。我把自己养大都好累，不说了不说了，继续喝吧。

我们又喝了很多酒。我觉得时间差不多了，该走了，站起来准备去结账，小维突然从背后喊一声，小易。我转身。

"对不起，小易，米小易。对不起，一开始我就知道你不是小偷。"

我想说什么，但无论如何也张不开嘴。我坐下来，看她把头埋在两个膝盖中间抽泣，她整个人缩成一小团。过一会儿她才抬起头来：

"这么多年，我只要想到那两个月我们怎么冷落你，我就难过。我不应该那样。那两个月我很难过。李美和她们都说，你是从黑山来的，你们那个地方最穷，你没有爸爸，妈妈也跑了，你最需要钱。大家都这么相信了。我不应该相信，不，我根本就不相信。但是我害怕，那时候我只要靠近你我就害怕，我怕和你一起被她们孤立。"

我请她不要再说下去了，我感觉自己全身虚弱，有一些遥远又强烈的感情涌起来，我的身体不想承担这种东西。但她还在哭着继续说，她的语速越来越快，生怕我会打断她，她急着要把自己交付给我。

"后来李美走了，你也转学了。你不知道你走的时候我有多难过，我想我永远也没办法弥补自己的过错了。但我又感到轻松，是的，你们两个的离开都让我又难过又轻松。我以为你走了一切都会过去，但这么多年，始终过不去。我一直想对你说这些话，对不起，小易，你不是小偷，就算你是小偷，我也不应该冷落你，对不起。"

"我不是小偷，你凭什么说我是小偷？"

"我是说，就算你是，我也错了。"

"我不是。你为什么不去问问常老师，她知道我不是，我不是。"

"我知道你不是，米小易，我的意思——"

我吼了起来，我愤怒的吼声在老县城上空回荡，那吼声没有具体的语言上的意思，接近于号叫。此刻风停树静，月亮又大又圆，孤零零挂在黑色的天空里。

· 29 ·

　　小维带我去河边。她说我现在这个状态她不放心，我们班有个同学在河滨路上开了个卡拉 OK 厅，她带我去那儿坐坐，好点了再去住旅店。她说出那个同学的名字，关良。我完全没印象了。她又说，就是那个嘴角有颗红痣的女生。我一下子想起来，关良，短头发，那颗痣很大。我说她好像还是学习委员，成绩好？小维说不是学习委员，是纪律委员，她后来成绩就不好了，高一都没念完就混社会了。

她扶着我顺着大街往河边走。在我对着她大吼之后，我们都有点不习惯两个人单独在一起了，我们形成一种默契，走快一些，再快一些，到有其他人的地方去。

通往河边的主路渐渐有了灯光，灯光印在被雨水打湿的路面上，一些地方能看到我们的倒影。远处有人声，小维说河滨路是现在年轻人的聚点，整个老县城混社会的年轻人都在这里，"关良混得好，有她在，没事"。

主路走到尽头是一座桥，桥头右拐就是河滨路了。河滨路上亮着各色串灯，人声和歌声混杂在一起，一旁的安宁河一片漆黑，只听见微微的流水声，河岸边筑起了水泥堡坎和护栏，看起来也是很多年前修筑的了，一些地方有很大的缺口，大大小小的鹅卵石从里面暴露出来。护栏这一边是马路，马路对面一排居民楼，楼下是沿街的各式店铺，店铺门口坐着不少年轻人。

路很窄，到处是垃圾，有一段很黑的路上我们遇到了一只瘦狗，接着还看见两只一前一后穿过马路的老鼠，一对情侣就在离老鼠过马路不远的地方吵架拉扯。

我们经过一间奶茶店，一间烧烤摊，"关良 OK 厅"出现在眼前。那几个字是写在灯箱上的，灯箱立起来放在大门口，门口坐着一个穿红裙子的女人，长头发烫成大波浪，手里拿着手机在看着什么，手机的光映照出一张轮廓分明的脸。"关良。"小维喊了一声。

"来了哇，难得哦小维。"小维在路上已经给关良打过电话，但此刻关良还是表现出惊讶的样子。

小维指了指身边的我："米小易。"

"哎呀小易，你终于回来了，好多年不见。"

我有点诧异关良还记得我，毕竟我只在县城中学上了两年学。我困惑的表情提醒了小维，小维说："我们全班同学都记得你，只要是出去工作了的，大家都记得。"

也就是记得米小易这个名字吧，我想。关良好像知道我在想什么，她一边拉我进门一边说：

"我听说你会写文章，在深圳的广告公司做文案对吧？"

我刚想回答她，她又说起来："我男朋友也在深圳呢，他上个月来看我，前天才离开。你想喝点啥子不？"

我还没回答，她又说："喝可乐吧，你这个样子不能喝酒了。"

谈话间我们已经随她进了一个包间。意外的是包间里还有人，两个男人一个女人正在唱歌。关良提高音量：

"不好意思啊，今晚生意好，没得空房间。他们都是我朋友，都一个学校毕业的，你们可以聊聊天。我去弄点儿吃的来。"

关良最后一句话是一边关门一边说的，她已经踩着高跟鞋走远了。我这时想起：她嘴角上的红痣呢？小维像是知道我的疑问，在我想起的时候就脱口而出："她几年前把脸上的痣取啦。"

房间里，一个高个子男人正弓着背坐在一个吧凳上盯着屏幕唱歌，见我们进来，他也没有停下来。另一个男人和那个女人站了起来，往半圆形沙发的一边坐，给我和小维腾出位置。我们坐了下来。小维认识他们，很随意地打了招呼。小维凑到他们身边说了些什么，又凑到我耳边说，都是校友，比我们高两级。她说唱歌那个是跑长途客车的，县城到市里，市里到省里，他都跑。另两个在市里上班，周末回县城玩儿。

跑长途的正在唱一首老歌，有句歌词在不断重复，"其实不想走，其实我想留，留下来陪你每个春夏秋冬"。他歪着头闭着眼，嘴里用力吐出歌词。他的五官因为用力唱歌挤在了一起，配上他又高又瘦的身材，有一种奇妙的滑稽。他唱完把话筒递给另一个男人，然后晃悠着走过来坐在我身边。

"米小易，你还记得我不？"

他一直闭着眼睛唱歌，怎么就认出我了。但也可能关良在我和小维到达之前已经跟他们提起过我。我一点也记不起他了，我说：

"不好意思，我只在学校读了很短时间的书，我就——"

"你就去了铁路，钻了那个隧道，后来你就转学了嘛。我晓得，你那时候头发梳很高，没有刘海，额头全部露出来的。"

他说的是李美。他拿起茶几上的一个玻璃杯递给我，"来，米小易，绿茶兑威士忌，干了"。是那种不可置疑的语气，我顺着他的意思喝了一大口。绿茶兑威士忌，味道可疑，可疑得像此时的我自己。

我说，你跑长途对吧？他点点头。我鼓起勇气问他：

"那你认识大春吧？他在加油站工作。"

他笑起来，这笑让他扭曲的脸舒展起来，他有一个高高的鼻梁，因为酒精的作用，他的眼神里有一种莫名的满足。他笑着说："大春那个龟儿子——"

这时候关良端着个盘子走了进来，盘子里放着花生、毛豆和牛肉干，还有两瓶可乐。她一坐下来，这位长途司机就伸出手臂把她揽在怀里，她也靠了过去。他们那么自然地依偎在一起。长途司机那种满足的眼神此刻更明显了。

另一个男人唱完了一首我没听过的歌，轮到女人了，她唱的是周蕙的《约定》，唱一句大家就拍起手来，她歌声轻快，脸上满是笑意，唱到高潮部分大家跟着一起唱："你我约定，难过的往事不许提，也答应永远都不让对方担心，要做快乐的自己，照顾自己，就算某天一个人孤寂。"

长途司机这时候对我喊了起来："你应该记得我啊，米小易，我们一起去河边逮过爬沙虫，我把最大那只爬沙虫给你了。你家在黑山，你妈在外地，有一次你打饭的时候一只虫子掉进饭碗了，是我帮你把虫子拎出来的。你打三个人的饭，你有两个好朋友。"

他说"你有两个好朋友"的时候，先后指了指关良和小维。我盯着他仔细看，连他眉毛上的伤疤都看得清清楚楚。他称得上有魅力，但总给我一种感觉，他那种魅力会一不留神就消失。

"大春怎么样了，他现在好不好？"我抓住机会问他。

"那个龟儿子不像话。"

他这么说的时候，用的是不经意的语气，我理解他表达的并不是大春真的不像话，而是他和大春太熟悉，关系也不一般，所以可以随便说。他还想说什么的，但他突然头一偏，靠在沙发上，像是睡着了。关良这时候把他的手挪开，凑到我身边：

"小易，你们那边现在还流行唱卡拉OK不？"

"唱的吧——"

"等我男朋友把婚离了，我就和他在你们那边开卡拉OK。这地方老子一天也不想待了。哎，我都没问你爱不爱喝可乐。"

我说爱喝的，同时没忍住自己的眼神，望向她刚才还依偎着的长途司机，我想我的眼神是在说：那么他呢？

她开始说起长途司机，但并没有说她和他是什么关系，她只说，现在长途越来越不好跑了，赚不到钱。她说，米小易你晓得的，飞机那么方便，高铁下个月就要通了，哪个还愿意坐长途嘛。哎对了，你是坐飞机回来的哇？

我刚要回答她又说起来：

"老县城就要拆了，新县城没意思，啥子都是新的。我呀，就喜欢旧东西，哎，我给你唱首歌，你喜欢听啥？"

我还没回答，她就站了起来。我发现了，她总在提问，但从来不关心对方回答什么。她给我一种她一直在奔跑的感觉。但她唱了一首我很多年前听过的老歌：绿草苍苍，白雾茫茫，有位佳人，在水一方……

在关良的歌声里，我环视了这个小房间。这个卡拉 OK 厅应该开了很多年了，墙上贴着几幅电影海报，其中最旧的一幅是《泰坦尼克号》，另外几幅是香港警匪片。墙面破烂，那些新一点的海报大概就是为了遮住更破烂的墙面。半圆形沙发也很破烂，靠背上有几处还露出了里面可疑的填充物。只有关良那一身红色连衣裙，新得晃眼睛。

绿茶兑威士忌正在我身体里发挥作用。屋顶中央的球形灯在转动，似乎每一次转速都能配合上音乐的旋律。关良的歌声真好听，我站了起来，我想和球形灯一样，随着音乐旋转。我真的转了起来，一边转一边笑，转啊转，转进一个没有声音，没有色彩的虚空。

· 30 ·

　　早晨，一束强光射过来，在像是腐烂了的木头气味中睁开眼，发现自己躺在一间老旧的旅馆里，窗帘大开着，窗外天光明亮。床头放着半杯水，肯定不是我自己倒的。昨晚的记忆终止在不停的旋转中。

　　我爬起来走向窗户往外看，确认房间处于三楼。楼下是一条石板铺就的小街，行人三三两两经过街道，两旁是一些店铺，比较显眼的是几家卖土特产的，一些山货从铺面延伸出来，就快摆到了路上。经过昨晚的一场大雨，那些老旧的房屋透着潮湿和发霉的气息。往上望，路的尽头，几间房子背后，木棉树掩映下有个平台，平台上好像也有人在摆摊。我一下子认出那个平台是当年的灯光球场，那些年，周末的夜晚这里总会有篮球比赛。这里曾经是县城最明亮最热闹的地方，我和李美关系最好的时候，我们在球场边买过冰糕。有一个场景十分清晰：蹲在人群里吃冰糕的时候，比赛正激烈地进行着，我们舔着冰糕看着对方傻笑。

我给小维打电话，她第一时间接了起来，电话那头她的声音很虚弱，看来昨晚没有休息好。她提醒我旅馆没有早餐，如果想吃点东西，出旅馆往右拐就是北街，"就是当年看耍猴那个小广场，现在很多早餐店"。

"谢谢小维，不好意思，我昨天晚上喝得有

点多。"

　　"没有没有，我才喝多了。我一会儿把大春的电话号码发给你。"

　　"大春怎么了？"

　　"你昨天晚上一个劲儿说要去找大春啊。"

　　"啊，但我现在不想找他。"

　　"嗨，你们这两个人，他也说不想找你。"

· 31 ·

　　在小广场一家餐馆吃早饭，我要了一碗羊肉米粉，吃的时候才意识到，已经至少半年没吃过早餐了。坐在小店的门脸内，透过米粉的热气，能看到小广场上渐渐热闹起来。特别显眼的是在广场一角站着三匹马，马的背上装了五颜六色的马鞍，不用说，那是为游客们准备的，我们这里以前可从来没有马。

　　我想起前两天决定回一趟县城，是因为河边那一片野樱花，我得去看看。一路上街道总有臭烘烘的味道，小店里摆满各种仿冒品。四周慢慢出现熙来攘往的人群，能一眼看出哪些是本地人哪些是外地游客。一栋老旧楼房从大堆的瓦砾中冒出来，孤单单站在那里，门脸上竟然还贴着鲜艳的春联，春节也确实刚过去不久，但这里的一切都太旧了。那些瓦砾间长出了不少春天的杂草，可以想象，那原本是些年久失修的更老旧的楼房，在某一天轰然倒下。我还路过了刚进城时，那个做带路生意的小男孩提到的手工铜锅店。店门口坐着一位老者，手里正摆弄一口半成品铜锅。他满脸的皱纹与身后肮脏的墙面构成一张获奖照片的样子。又是一尊超越时间的静物，他正坦然接受游客们的注目。我注意到旁边挂了块牌子，上面潦草地写着几个字：拍照五元，合影十元。

穿过黑乎乎的小巷子，我站在了一棵木棉树下，远处就是我们当年逮爬沙虫的河滩，那几棵野樱就在河滩的上方，一片农田的尽头。只是，因为昨夜的一场大雨，野樱的花瓣被打得七零八落，跟报纸上描述的完全是两个样子了。

我还想去看看常老师。县教育局的办公地点在河对岸，走到南城老桥的时候，路被堵得死死的。幸好走路，如果开车，这里可能要耽误很久。那些排队的司机探出头来抱怨，骂着下流的话，有人吐出来一口痰。也难怪，这座桥早已不堪重负，反正不久之后——是多久呢？——这座老桥也将沉没于水下。走在桥上俯身往河里看，桥墩用那种工地上的脚手架加固了，密密麻麻的，已看不到本来的样子。

教育局是一处临河的院子，院子里很安静，传入耳畔的是山那边新县城节奏分明的敲击声。院子中间长着几棵皂荚树，靠办公楼有两株几层楼高的银杏，几位工人正在银杏树下丈量，一位工人高声说，移得活，移得活。看来是要准备把银杏搬到新县城了。常老师的办公室在二楼，我按照小维在电话里的指引走向第三间。小维已经提前给常老师打过电话。"常老师好像一时没想起你是谁。"小维说。

· 32 ·

因为堵，又在桥的另一头被一群游客要求帮忙拍张合影，我比原计划迟到了几分钟，不过房间里还有两个人在和常老师聊着什么。常老师只是比过去胖了些，除此之外，感觉不到太大的变化。算起来，她现在应该也就四十岁出头。她精神饱满，专注地望着坐在她对面的一男一女，时不时捋一捋本来就很光生的发髻，脸上有关切的笑容。我在门口站了一会儿，那两个人才从里面走出来，他们一人抱着一叠资料，应该也是教育局的工作人员。

我敲了敲门，常老师还在低着头整理着什么，同时说，请进。

"常老师，您好，我是小维的同学，米小易。"

常老师抬起头，笑着说你好你好，她努力要认出我来。

"也是李美的同学，我那时候住校，和李美、小维一间寝室。"

"哦，你好你好。"她还在辨认，几条很深的皱纹出现在她的额头上。

"不过我后来就转走了。"

"李美很不幸，如果她活着，就跟你现在一样大。"她继续辨认。

"是的，她走后我就转走了。"

"不好意思，那时候因为有边远山区的降分政策，转来又转走的学生很多。"

"我妈来接我走的，她还去了您办公室，她从很远的地方赶回来，她当时不想接我走的。"

"哦哦，你说你叫米什么来着？"

"米小易。李美走了以后，我想转学。我妈来学校也是这么跟你们说的，你们很快同意了我转学。"我不得不很快讲出李美的死和我之间，微弱的关系。我努力争取在常老师的记忆中占据一席之地。

"我想起了，米小易。"

常老师此刻的笑容里带着几丝放松，她整个人也往办公椅里陷进去一点儿。这时有人敲门，门本来就开着，我们回过头去看，刚才出去的两个人中的女人站在门口。

"常局，楼下有些资料需要确认下，搬过去之后是送到档案局还是继续放在我们这里。"

常老师站起身准备出门，她一边走一边说：

"我记得你，哎，那么多年过去了。小维说你后来上了不错的大学，现在有很好的工作，太好了太好了。"

走到门口，她转身又说了一句："不好意思，米，米小易，你坐下等我两分钟，我马上回来。"

我坐在一张黑沙发上，房间很安静，倒放在热水器上的纯净水桶咕噜咕噜响了几声，又有人来找常老师，看见常老师不在就离开了。山那边新县城的敲击声还在断断续续传来，提醒我时间在一分一秒过去。我环视办公室，同时脑子里杂乱地思索一些问题。我注意到常老师办公桌后面的书架上有几个相框，放的都是大合影，我猜测有一张应该是我们班的毕业照，里面当然没有我和李美。我开始整理自己的思路，想着应该跟常老师说些什么。大约十多分钟后，常老师的高跟鞋声响了过来。她一进门就说，你能回来看看老师真好，你们那个班是我毕业参加工作带的第一个班，印象很深。我说，谢谢常老师，看到您现在很好，我也很开心，我今天来找您，很想听您讲讲李美。

听我又一次提到李美，常老师给我倒了一杯水，坐回自己的位置。

"李美，太遗憾了。她本来要转学，但离开的头一天她去铁路了。当时处理好那件事，学校花了很多时间和精力。"

"我记得您跟我说过，她很不容易。"

"我说过吗？"常老师的话有种不自然的语气，表情也有微微的变化，她叹口气，往窗户外看了一眼。

我说是的，常老师您还记得吗，有一次我们寝室发生了偷盗事件，有个高二女生的项链和钱都丢了，您把我叫到办公室，叫我不要在学校谈论这件事，您当时就说，李美很不容易。

"噢，是发生过那件不愉快的事，但是，我说过吗？我怎么想不起跟你说了什么。"

"您没跟我说什么，您就说叫我不要谈论这件事，您说李美很不容易。"

"是的，李美很不容易，她父母离婚之后，她妈很快结婚，她在家里遭遇了很不好的事情。她转学是这个原因，后来要转走也是这个原因。"

"那么，她的死是不是意外？"

常老师坐直了身子，她好像在这个时候才真正看见了我，她望着我，问我为什么来问这个。

"常老师，李美去铁路那天曾经约我一起去的。我没答应。我一直在想，要是我答应了，跟她一起去了，可能结果就不一样。我现在想知道，她的死是不是意外。"

又有人来敲门了，敲门的人似乎感觉到房间里有些异样，抱歉着点点头就离开了。我们沉默了一会儿，常老师慢慢把身体靠在椅背上，双臂垂下来，刚想说点什么，她桌上的电话响了，她开始接电话。嗯，是这样，好的，没问题，对，没错——总是这些话，和小维一样。

放下电话，她看了看表，对不起啊，她说，我现在要去县政府参加一个会议，关于搬迁的事，你知道的我们就要搬家了，这个会不能缺席，米，米小……小米，你不忙走吧？你应该到处去看看，去新县城看看，修得漂亮哦。还有啊，去新县城背面的坡上看看即将完工的高铁。对了你还不知道吧，高铁马上就要通了哦，这两个月新县城的房价涨得飞快，到时候从这里出发去成都只要4个小时，现在是12个小时哦，现在的成昆铁路迟早会被淘汰的。

说这些的时候，她在快速整理桌上的资料，打开衣柜拿出一件外套搭在手上，又突然坐下来望着我说，晚上，晚上你给我打电话，我们再聊好吗？

我没有回答她，她起身走向我，拉起我的手，放在她手里捏着。我只好站起来。她说，小米，老师那个时候刚毕业，还很年轻，没有经验，可能一些事情没有处理得很好，但你要知道，事情跟你没关系，你们那个时候都还小，即使有关系也不是你的错。

　　她说完这些就小跑着出了办公室，我在她后面。听见她上车，关车门，车子启动的声音。不一会儿，车子就绕过院子外的花台，消失在我从二楼能看到的上坡路上。我走出大院的时候，刚才那些工人正在那几棵银杏树下撒石膏粉，石膏粉围着树子一圈，很显然那是为了将银杏树连根拔起做的记号。

　　大家都在忙着自己世界里很重要的事。

· **33** ·

我给小维打电话，告诉她我准备马上离开这里，谢谢她昨晚的招待。她很惊讶，坚持要我再待两天再走。她说，你还没去新县城看看呢，有些地方还是很漂亮的，你也应该回黑山看看呀，虽然你奶奶不在了，但你还有些亲戚吧。她还问我：你见到常老师了吗？聊得怎么样？我说见到了，聊得不怎么好。我还忍不住说，我告诉常老师，李美去铁路那天曾经约我一起去的，我没答应。我一直在想，要是我答应了，跟她一起去了，可能结果就不一样。小维，你说是不是啊？

小维在电话那头惊呼，天哪，你这段话和大春有一次跟我们说的一模一样，李美去铁路之前约过大春，大春也没有去。好了好了，小易，事情都过去这么多年了，你们不要再想了。我们那时候都还太小，事情跟你们没关系，即使有关系，也不是你们的错。

小维还在说着什么，除了她提醒我记得去学校取我的车，别的我都没有再听进去。我发现自己此刻站在河边，安宁河的河水就在我面前。昨天的雨让河水的颜色变黄了一点，但还是流得舒缓。站在这里能更全面地看到河对岸那片野樱，野樱的粉色花瓣落了一地，树枝丫光杆杆升向天空，新叶还没有冒出来。有几个七八岁的小男孩在离我不远处玩儿摔炮，一种扔地上就会响的小玩意儿，啪啪的声音此起彼伏，这声音混合着他们的笑声和山那边的敲击声灌入我的耳膜。我抬起头，一个平平常常的上午，一朵又一朵的云，阳光仿佛是从遥远的过去照过来，天地空旷，寂寞难言。

· 34 ·

现在我又开着车行驶在大峡谷了。大春和他的加油站就在前方某个拐弯处，我们昨天刚刚见过面，但好像隔了很久很久。这一天经历的事情很多，全部挤进我身体里，我头昏脑涨。车窗外已经是高原山区，相对于老县城，春天来得很迟，路边乱石中的杂草还是枯黄的，远处森林还是墨绿的，偶尔有黑色的大鸟从天空飞过，也飞得像冬天一样缓慢。又是一段荒无人烟的路程了，马上就要经过大春所在的加油站。加油站的另一头，也是荒无人烟。我在心里跟自己说，如果看到大春还像来时那样，歪着头站在路边抽烟，我就停车。如果他不在，我就继续往前走。车子一点点靠近，在一片森林的尽头，群山之间的深坳里，大春的加油站突显出来，它很小，又很显眼。我紧张起来，我担心他在，也担心他不在。

大春果然站在那里，他的头歪着，还戴着那顶发黄的鸭舌帽，我几乎要停车了，但是突然，我一脚油门经过了他。

我松了口气。加油站离我远去，老县城离我远去，我想起几天前是怎么想着要回来一趟，看一看那片野樱。我心里隐约是想见到大春的，隐约觉得我们之间应该有一个见面，双方都做好心理准备的见面。我们应该说说十几年前，发生在我、他和李美之间的事，说说我们这十几年来的生活。但是，就在昨天，大春就那样出现在我面前，猝不及防，后来的事情也没有一件是按我的想象发展。就是在几分钟前，在我再次看见大春的一刹那，我也没想到我会一脚油门从他面前经过。人有时候真奇怪。

车子很快就要开到山顶机场了。我想起在我很小的时候，有一年，我老家黑山发生了一件大事，在黑山村上面的连绵山脉中，一处山顶被推平，出现了一座机场。就是现在这座山顶机场。从机场往山的另一面下坡，有一条水泥路通往渡口市。渡口市盛产钢铁和煤炭，我爸就死在那些煤炭中间。村里人说，机场是为那些"做大事的人"修的。我们的黑山在渡口市的背面，我们那里的人和那座机场没有任何关系，但从村庄出发往山上爬，经过彝族人聚居的三锅庄，再往上走半天的路程，就能走到机场的边缘。我记得我曾经在机场通航的时候，和我爸一起带上干粮走路去看飞机。我们是隔着铁丝网看飞机的，我们那天赶到机场的时候，飞机已经降落了，我只看到它起飞的样子，那真是激动人心啊，你不觉得吗？那么大那么重的飞机，仅仅依靠它自身的力量，在地上跑着跑着就飞到了天上，越飞越高。

而现在，坐在沉闷的机舱里飞，跟在地面看飞机飞完全是两回事。我戴上耳机和眼罩，暗中祈祷今天的风不要吹太大，飞机平稳些，不然我会晕机的。

· 35 ·

　　我又回到了自己工作生活的深圳，换了两份工作之后，在一间外贸公司企划部暂时安顿下来。这期间前夫肖原给我打过两次电话。一次完全出于对我的关切。我向他表达了谢意，并且如他所愿，我在谢谢之后加了句玩笑话，我说你真是个完美前夫啊。他在电话那头大笑起来。另一次，他说了些无关的话，在就要挂掉电话时，他的语气突然变得有所保留的兴奋，他说他要结婚了。

我知道这个消息迟早要来，所以很平静。我说好的，我知道了。他又问：小易你现在还好吧？你回老家看看没有？我说看了，挺好的。他随口问了一句：那现在老县城已经淹没了吧？我说还没有，应该快了。

老家之行回来，我的生活没有太大变化，但总算是可以坚持每天吃一顿像样的早餐了。我最近爱上了游泳，下班之后就把自己泡在水池里，沉入水里的世界能让人感到短暂的安宁。教练说我这么练下去都可以参加比赛了。

有一天，我从游泳池爬上来，手机里有一个未接来电，是小维，我回了过去。小维在电话里说，她当妈妈了，顺产，是个女孩。从她的声音里我听出她的激动和喜悦，就好像她真正的生活要开始了。她的快乐也感染着我，我向她表达了祝贺，同时问她，老县城是不是已经淹没了。她还是用那种激动和喜悦的语气说，还没有，不过快了，快了。

2022年3月26日 初稿完成

2022年5月4日 修订

2022年7月26日 再次修订

2023年2月 定稿

后记 在真实与虚构之间，走出一条赤诚的路

我三年前开始写小说，写诗也是最近才发生的事，之前写散文随笔。不过在很多年前开始写不管什么文章的时候，我就知道总有一天会写小说的。三年前才下笔，一方面觉得时间不多了，另一方面又有点庆幸：幸好是现在才开始写小说，要不然，过去写出来的东西现在或者未来的我读到，不知会有多尴尬。倒不是说如今的我已经到了小说写作的最佳年龄，而是对自己有比较清醒的认识：我是个

长得特别慢的人，越晚开始，准备越充分，小说里的遗憾就越少。小说写作需要的很多能力，对我这样一个普普通通的人来说，只能随时间而来。

在开始小说写作之后的这几年，内心常出现一种"寂静的狂喜"，这是一种浓度刚好的喜悦与稳定感。文学真正从一个概念变成了自身经验。通过真的去写，我更加确定了我对写小说这件事的"相信"。这个相信也不是说我就觉得我会写出什么了不起的作品了，是另一种东西，有点知其不可为而为之的意思，是那条路就摆在那儿，我只能，也必须往前走，同时怀着饱满的信心。

要我谈论创作，比要我写小说艰难很多，我不觉得我能谈好《莲花白》。这么说有点奇怪，你自己写出来的，你还不能谈，谈不好吗？同时也有点狂妄，就好像在表扬自己的小说有多了不起一样。不，我是想说，小说的自我（如果小说也有自我的话）

一定是大于我（小说作者）的自我的。一部小说写成，它就独立存在了，它在某种意义上高于写作者本人了。

小说里有一段对话，米小易回老家见到十多年前的好友小维，小维对米小易说，她特别想要个孩子，米小易问她为什么，小维回答：

"你不觉得吗小易，生一个小孩，最好是个女孩，按自己的想法养育她，认认真真养大她，等于自己又活了一次。"

我想《莲花白》的写作也是如此，通过回溯并重构过去时光里的人和事，我在其中重新长了一回。我通过这部小说的写作才注意到（回忆起）过去的很多细节，很多感情，并原谅了很多。小说完稿的那一刻，我的感觉就像朴树在歌里唱的：一切都不必重来，什么也无须更改。

《莲花白》源于我自身经历，我在年少时有过与小说中的米小易相似的遭遇：被群体孤立，长时间陷入人际交往的绝境。很多年前就想过，若某一天有勇气面对，我要让个人经历变为可供反思的叙述，让小说代替表达，在真实与虚构之间，走出一条赤诚的路。

女性之间的友谊，尤其在自我还没有完整建构的少年时代，丰富幽微之处，地下战争与表面的和平并行，快乐轻松与伤痛挣扎交叠，风吹草动都能让人坠入深渊。这部小说，在试图凝视深渊。过去这些年，我和身边不少女性朋友谈起过被孤立的经历，意外的是，几乎所有人都有过类似遭遇，不管她是什么出身，不管她是优秀还是普通，不管她长得好不好看，无一例外。每次交流结束，我们都庆幸并感叹，能活成今天这个样子，真是太不容易了。也正是这些交谈坚定了我写下这部小说的信心。

我也写了爱情，写得少，且隐晦，看起来还没开始就结束了，不过在写完后，自己通读一遍，这部分却是我特别喜欢的。

小说的开头是通过气味切入的：米小易在回老家的路上闻到一股煤油味，这味道让她想起很多年前每天都在吃的莲花白，而莲花白又连通了过去。生活中我常会因为气味联想到更久远的人和事。相比"看见"，我觉得气味有某种飘浮但强烈的气质——遥远的人事扑鼻而来，这是我想要写的。所以，在我某一天写下那个开头之后，就比较有信心往下写了。初稿几乎是一气呵成，当然那是一口特别长的气，为了维持那口气，我没有一天停止过，即使有过短暂的两次出差，也随身带着电脑，坚持在一大早爬起来写上两个小时。也出乎意料地，那段时间里写着写着，在我还没反应过来的时候，小说就不得不结束了。接下来才是无休止的修改。

在写作的过程里，我试图去理解每一个人物，成为每一个人物。我是米小易，我也是大春，是李美和小维。我不打算在一部小说里断言任何东西，它只是探索，它展示一个问题的世界，并试图理解。这有点难，因为当下的人们更喜欢寻求答案，大家都去判断而不是理解。

陈嘉映老师说过一句话，大概意思是：生活中有很多不得已的东西，看到真实下面的伪饰，这个比较容易，难的是去体察人生的不得已处。写小说于我而言，也是在尽力去体察人生中的那些不得已处。

小说的发生地在一座就要被淹没但又不知道哪天会被淹没的县城，所有人活在"暂时"的世界里，一切都像是在为真正的生活做准备，但真正的生活总是无法到来。小说写作期间，尽管大多数时候安坐于成都家中，但恰逢上海大疫，人心惶惶。外部世界或多或少也影响了我的写作，影响了这部小说最终长成的样子。

　　小说写作结束后，我陷入一种情绪低迷状态，整个人变得消极和"弱"，我不知道这是怎么回事，是不是所有写小说的人都有这样的感受？类似的情绪体验我只有在出演话剧期间才体会过。话剧落幕我走回后台，在收拾完毕开车回家的路上，那种消极和"弱"就来了。但那很短暂，第二天就好了，不像现在，它被拉得很长，弥漫在我每天的行走坐卧里。

　　写这篇创作谈的时候我还在这种"弱"里，只是相比刚开始的困顿，现在我能比较清醒地认识它。是好事吧我想，我过去活得太积极太确定了，小说让我进入一个模糊的世界，让我甘于消极，也随时准备好某天被另外的东西唤醒。

作者简介

宁不远（曾用名：宁远），四川籍，现居成都。出版绘本《远远的村庄》，小说《米莲分》，散文集《素与练：日常的衣服》《真怕你是个乖孩子》等。

图书在版编目（CIP）数据

莲花白 / 宁不远著 . -- 北京：中信出版社，
2023.11

　　ISBN 978-7-5217-5271-7

　　Ⅰ . ①莲… Ⅱ . ①宁… Ⅲ . ①长篇小说−中国−当代
Ⅳ . ① I247.5

中国国家版本馆 CIP 数据核字 (2023) 第 138393 号

莲花白

作者：宁不远
出版发行：中信出版集团股份有限公司
　　　　（北京市朝阳区东三环北路 27 号嘉铭中心　邮编　100020）
承印者：天津丰富彩艺印刷有限公司

开本：787mm×1092mm　1/32　印张：6.25　字数：70 千字
版次：2023 年 11 月第 1 版　　印次：2023 年 11 月第 1 次印刷
书号：ISBN 978-7-5217-5271-7
定价：38.00 元